COLLECTION FOLIO

Henry de Montherlant

de l'Académie française

La ville dont le prince est un enfant

Pièce en trois actes

TEXTE DE 1967

Gallimard

A MONSIEUR L'ABBÉ C. RIVIÈRE
curé de La Bastide de Besplas (Ariège)

Monsieur l'abbé,

En 1927, j'envoyais à un religieux d'un ordre illustre, qui me connaissait depuis douze ans, d'un commerce familier, où il y avait eu un peu de direction, qui avait poursuivi ce commerce durant mon aventure de guerre, je lui envoyais, dis-je, mon livre *Aux Fontaines du désir*, avec une dédicace amicale. Il me le retourna par courrier, la dédicace furieusement barrée. Ce livre avait, je suppose, blessé en lui le chrétien.

Vingt ans plus tard, tout inconnu de moi, vous sonniez à ma porte. Et c'était pour me dire que, ayant pris les ordres à quarante ans, *Aux Fontaines du désir* était une des influences qui vous avaient mené à la vocation sacerdotale. « Tout est grâce », m'expliquiez-vous. Les derniers mots du curé de campagne de Bernanos...

Qu'est-ce à dire ? Que tout vient à servir au bien de ceux que Dieu aime ? Soit, si cela n'est pas trop janséniste. Pour moi, terrestrement

parlant, partout où il y a élévation, il y a grâce.
J'y ai songé plus d'une fois en écrivant le second
de ces trois [1] *autos sacramentales* — de ces trois
pièces à sujet catholique — que j'annonçais dans
la postface du *Maître de Santiago*. Il est curieux
et pénible de constater que tous les romans
consacrés au sujet qui nous occupera ici sont
dirigés, en fin de compte, que leurs auteurs l'aient
voulu ou non, contre les éducateurs catholiques.
L'un, oublié aujourd'hui, mais fort lu quand j'avais
quinze ans, décrit en trois cents pages la vie
collégienne, sans qu'une figure de prêtre y soit
une fois évoquée ; dans l'autre, les prêtres sont
peints avec aversion, en face d'un monde protestant qui a toutes les sympathies de l'auteur ;
l'autre, plein de talent et de venin, est un pam-
phlet anticlérical, où l'un des prêtres même est
corrupteur ; l'autre, écrit par un catholique fervent et limpide, montre avec innocence des
ecclésiastiques qui déclenchent les pires malheurs
par leur sottise et leur maladresse[2]. On ne trouvera
pas ici cet esprit. Est-ce avoir trop d'amitié pour

---

1. Quatre, plus tard, avec *Le Cardinal d'Espagne*.
2. Il faut signaler toutefois ce dernier roman, où les vertus
du cœur et la puissance d'émotion font oublier un peu de
naïveté et de négligence dans l'expression : de tous les romans
que j'ai lus qui traitent des amitiés de collège, sûrement le
plus inspiré. Il s'agit d'*Antone Ramon*, par Amédée Guiard
(Bloud et Gay, édit.), qui parut en 1914. Amédée Guiard,
qui appartenait au Sillon, était professeur de lettres à l'École
Sainte-Croix de Neuilly quand j'y étais élève, mais dans une
autre division que la mienne, et je ne l'ai connu que de vue.
Il fut tué à la guerre de 1914.

l'homme, que discerner une langue de feu sur la tête des quatre personnages principaux de cette tragédie de palais qu'est *La Ville dont le prince est un enfant* ? Il y a grâce dans le supérieur du collège, qui agit comme il doit agir, et dit ce qu'il doit dire, en ce rencontre délicat où il a été porté. Il y a grâce chez André Sevrais, qui sacrifie son plaisir, puis sacrifie son amour, et demeure cependant, autant à ce qu'il aime qu'à ce qui l'a berné, « fidèle comme il n'est pas permis de l'être ». Il y a grâce même dans le petit Serge Souplier, qui traverse tout cela sans toujours le bien comprendre, et, quoique n'ayant pas tout à fait la « classe » des autres, reste net à sa manière, et chic. Je dirai que, malgré l'apparence, il y a grâce aussi chez l'abbé de Pradts, une sombre grâce, et cette grâce est seulement parce qu'il aime, et continue d'aimer : ses ténèbres n'excèdent pas ce qui est normal dans une passion. Il y a grâce enfin dans ce collège, parce que tout ou presque tout, et les égarements mêmes, m'y semble d'une certaine qualité. L'abbé de Pradts en parle sans doute avec quelque excès, mais non trop, lorsqu'il dit : « Même ce qui, chez nous, peut sembler être sur un plan assez bas est encore mille fois au-dessus de ce qui se passe au dehors. Ce qui se passe chez nous bientôt n'existera plus nulle part, et déjà n'existe plus que dans quelques lieux privilégiés. »

La Ville ouvre sur plusieurs de mes ouvrages. Sur *L'Exil*, sur *La Relève du matin*, sur *Malatesta*. Aussi sur *Port-Royal*, troisième des pièces

sacrées. Ici, hommes et jeunes garçons. Dans
Port-Royal, des femmes surtout, et de très jeunes
filles. Ici, peú de religion ; là, dominante. Aucun
rapport de sujet, mais tous gens de la même
famille, qui est la mienne. « Votre famille d'âmes
nous est bien connue... »

J'ai nommé *Malatesta* une tragédie de l'aveuglement. Admises ces simplifications, qui tra-
hissent plutôt qu'elles n'éclairent des ouvrages
où se reflète la multiplicité de la vie, *La Ville*
pourrait être nommée une tragédie du sacrifice.
L'échelle des sacrifices qui se développe de scène
en scène au troisième acte est présentée par
certains de mes personnages comme une échelle
qui monte jusqu'à Dieu. J'ai donné des titres
aux deux autres actes. A celui-là je n'en ai pas
donné, afin que les lecteurs fussent libres de
l'appeler, selon qu'ils entrent ou non dans la
construction catholique, soit *Scala Santa*, soit
(du titre d'un conte de Maurice Barrès) *Les
Héroïsmes superflus.*

J'aurais pu, monsieur l'abbé, dédier cette
œuvre à tel ecclésiastique de ma connaissance,
de qui le nom célèbre, la recouvrant, eût suffi
pour qu'elle fût reçue avec sérieux et approbation.
Mais j'ai aimé qu'une œuvre dont je puis bien
dire qu'elle a été écrite à genoux invoquât moins
ce qui trône dans les hauteurs que ce qui se cache
dans les retraites et les ombres de la charité.
J'aurais pu aussi dédier *La Ville* à un des prêtres,
et ils sont nombreux, qui m'ont fait l'honneur
de laisser représenter *La Reine morte* et *Le Maître*

de Santiago par les élèves des collèges qu'ils diri-
geaient (et ne puis-je rappeler, en passant, que
j'avais donné à une maison religieuse de jeunes
demoiselles l'autorisation de *créer* cette dernière
pièce ?) Mais c'était courir le risque que le public
vît en ce prêtre un informateur, sinon un modèle,
puisque *La Ville* met en scène deux prêtres de
collège [1]. Le malentendu n'était pas possible avec
vous, fils de la solitude rustique, et qui, pour autant que je sache, n'avez jamais exercé votre
ministère dans un établissement d'éducation.
Vous m'avez écrit : « Tout observateur du cœur
humain, si éloigné de Dieu qu'il soit, sert la Vérité. » Tout écrivain observateur du cœur humain,
et qui a le courage — toujours puni — de reproduire sans omission prudente ce qu'il y voit, sert
la vérité humaine. Mais sert-il la « vérité catholique » ? En écrivant *La Ville dont le prince est
un enfant*, j'ai servi assurément la vérité humaine. Si, de surcroît, j'ai servi la vérité « catholique », je veux dire : si, en refermant mon livre,
le lecteur éprouve plutôt de la sympathie que de
l'aversion pour cette cellule du monde catholique que j'y ai dépeinte avec honnêteté et respect,
alors, monsieur l'abbé, votre nom sera double-

1. Je dois adresser toutefois mes remerciements au R. P.
d'Ouince, de la Société de Jésus, directeur des *Études*, et au
R. P. Martin, de l'Oratoire, qui, à des titres divers, m'ont
apporté leur assistance dans la composition de *La Ville dont
le prince est un enfant*. Ainsi qu'à Mgr Maillet, directeur de
la Manécanterie, qui a identifié et noté pour moi le faux-
bourdon chanté à l'acte III.

ment justifié au front de cette seconde *Relève du matin*, écrite par un homme « fidèle comme il n'est pas permis de l'être ».

H. M.
Août 1951.

La ville dont le prince est un enfant *a été représentée pour la première fois par des comédiens professionnels au Théâtre Michel le 8 décembre 1967,
mise en scène par M. Jean Meyer, dans les décors
de M. Yvon Henry, et avec la distribution suivante :*

M. L'ABBÉ DE PRADTS, *préfet de
la division des « moyens », 35
ans* .... Paul   Guers

ANDRÉ SEVRAIS, *élève de philo-
sophie, 16 ans et six mois* ...... Didier   Haudepin

SERGE SOUPLIER [1], *élève de troisième, 14 ans et trois mois* ..... Philippe
Paulino
et Pascal
Bressy.

----

[1]. Le nom de Soubrier, qui figure dans les précédentes
éditions, a été changé à la requête d'un homonyme.

M. L'ABBÉ PRADEAU DE LA HALLE,
supérieur du collège, 40 ans ....   Jean   Deschamps

HENRIET, *élève de philosophie, 17
ans* ....   Gilles   Raab

M. HABERT, *surveillant de la divi-
sion des « grands », 25 ans* .....   Bernard Ris-
troph

*La scène se passe entre les deux guerres (1919-1939),
à Paris (Auteuil), dans un collège catholique, environ la fin du mois de mars.*

L'ABBÉ DE PRADTS. *Soutane. Très net, très soigné.
Col « romain ».*

LE SUPÉRIEUR. *Soutane. Col ordinaire.*

SOUPLIER. *Mèches sur le front, taches d'encre aux
doigts, chandail.
À l'acte II, un lacet de soulier trop long, qui pend.*

Tous les acteurs jouent sans maquillage.

Les habits des garçons ne sortent pas de chez le
vendeur, comme il est de routine sur la scène. Ils
sont fatigués, usagés. Tous les garçons sont en
pantalon.

Le *Qui Lazarum resuscitasti* qui est chanté en
fond sonore à l'acte III est un faux-bourdon de

Nanini, disciple de Palestrina. Ce faux-bourdon
sert de thème à l'essai de *La Relève du matin* inti-
tulé *Voix dans la direction de l'ombre.*

Les passages qui peuvent être supprimés à la
représentation sont indiqués ici entre crochets.

« Tous les grands talents respectent et comprennent les passions vraies. Ils se les expliquent et en retrouvent les racines dans le cœur ou dans la tête. »

H. de Balzac.

ACTE PREMIER

PLUS HAUT
QUE LA PLUS HAUTE ÉTOILE

Le cabinet de M. l'abbé de Pradts, au collège. Table chargée de papiers, de registres, de livres, avec une statuette du Sacré-Cœur, et un appareil téléphonique. Aux murs, un petit crucifix travers, de buis bénit, un tableau à sujet religieux, des photos d'élèves groupés, deux photos d'anciens élèves, en uniforme, agrandies, dans des cadres noirs avec un crêpe. Sous le crucifix, un prie-Dieu. Une bibliothèque en bois noir. Tout cela sans recherche et sans aucun style : manifestement, indifférence totale aux choses extérieures. Une fenêtre, à gauche. Une seule porte, à droite.

SCÈNE PREMIÈRE

L'ABBÉ DE PRADTS, SERGE SOUPLIER

L'abbé est assis à son bureau, écrivant. Après quelque temps, on frappe ; il dit : « Entrez. » Souplier entre, sans que l'abbé lève la tête. Puis l'abbé lui fait signe de s'asseoir devant le bureau. Il s'assoit. Encore un temps.

L'ABBÉ

Alors, je pense que je me suis fait comprendre. Je ne veux plus de cette association entre vous et Sevrais. Les amitiés sont absolument interdites entre élèves de divisions différentes.

SOUPLIER

N'empêche... il y en a bien d'autres, et eux on ne leur dit rien.

L'ABBÉ

Je n'ai pas à vous dire pour quelles raisons il nous arrive de fermer les yeux, pendant plus ou moins de temps, sur telle ou telle de ces amitiés. Et puis, si, je vais vous le dire, parce que

j'aime parler franchement avec vous. — Oui,
comme j'aime vous parler autrement que je ne
parle aux autres! Il n'y a rien de plus émouvant
au monde que de parler avec gravité à un enfant.
— Pourquoi avons-nous l'air de fermer quelquefois les yeux? D'abord parce qu'il y a des garçons
qui, par genre, affichent quelque chose qui n'est
pas. Queruel et Foucaud, c'est cela, n'est-ce pas?

SOUPLIER

Oh! moi, comment voulez-vous que je sache?

L'ABBÉ

Seconde raison : parce qu'il y a d'autres amitiés, où nous attendons de surprendre des faits.
Troisième : parce qu'il y a ici des élèves qui, plus
que leurs camarades, doivent trouver un appui
en haut lieu. Vous êtes de ceux-là, je crois. Ce
n'est un mystère pour personne au collège que je
m'intéresse à vous. Et, tout ce que j'essaye de
faire en vous, il faudrait que cela fût défait par
ce garçon que je ne connais pas! Il n'est pas de
la division que je dirige ; je n'ai jamais échangé
avec lui une parole. Oh! je le connais de réputation. Sa renommée ne nous poursuit que trop.
Il y en a ici auxquels il impose par ce je ne sais
quoi d'irrégulier qu'il garde dans tout ce qu'il
fait. Il est intelligent, brillant, il passe pour aimer
les sentiments honorables, mais c'est un petit
faiseur : trop indépendant et sûr de soi. Et son
père est mort, enfant unique élevé par la mère :
tous les garçons élevés par des mères seules sont

à surveiller. Vous, vous êtes le type du gosse à histoires. Du moins jusqu'à présent je n'avais à vous sauver que de vous-même. Maintenant j'ai à vous sauver aussi d'un autre. D'un autre! Une compétition humiliante et grotesque...

SOUPLIER

Il y a dix-huit mois que je connais Sevrais. Nous étions ensemble à l'école de M. Maucornet, avant de venir ici.

L'ABBÉ

Vous ne deviez pas vous connaître beaucoup chez M. Maucornet, puisque je n'ai rien remarqué de particulier entre vous depuis un an que vous êtes ici. Et puis, il y a trois jours... Déjà, à la rentrée, Sevrais a été mis en vedette : il était le seul à avoir passé son premier bac avec la mention bien, ses devoirs de philo étaient recopiés au Livre d'honneur, on le nommait de l'Académie... Mais, le bouquet, ç'a été de lui donner, il y a trois semaines, ce rôle de Pyrrhus dans *Andromaque*, pour notre séance de Pâques. — Qu'est-ce que l'on dit, parmi vos camarades, de la séance d'*Andromaque*? Il n'y a pas de plaisanteries sur le choix de cette pièce?

SOUPLIER

Non...

Sonnerie de téléphone.

L'ABBÉ, *dans le téléphone.*

Vous direz que M. l'abbé de Pradts est sorti.

Léger sourire de Souplier. L'abbé raccroche.

SOUPLIER

Enfin, monsieur l'abbé, si vous vouliez que nous rompions, vous pouviez le dire à chacun de nous en particulier, sans faire un scandale du haut de votre chaire, devant toute la division, en nous désignant par nos noms. Si vous croyez que c'est drôle pour moi, avec les autres qui chuchotent ou qui rigolent! Ensuite ils vont le répéter à leurs familles...

L'ABBÉ

J'ai agi ainsi parce qu'il fallait couper le mal à sa racine. Maintenant il vous est impossible de continuer : deux divisions ont les yeux fixés sur vous. Par exemple, je n'ignore pas que vous avez rencontré Sevrais dans le hall — oh! un instant seulement — à la sortie des externes, hier soir. Et c'était pour vous dire... quoi?

SOUPLIER

Rien.

L'ABBÉ

Bien entendu. C'est sans doute pourquoi vous rougissez si fort. Mais vous ne m'échappez plus à présent. Je comprends vos silences, j'entre dans vos mystères, je sais ce que me cachent ces pupitres que vous refermez...

SOUPLIER

Qu'est-ce qu'ils vous cachent?

L'ABBÉ

Je ne sais... *(Comme revenant à lui.)* Eh bien mon ami, je vous avertis que maintenant ce petit jeu en est à sa fin, et que nous allons vous tenir court. Tout le monde vient se plaindre de vous : les professeurs, les surveillants, vos camarades, les parents. Des parents sont venus me dire : « D'où sort-il, celui-là ? » Votre père m'a dit : « Mon pire ennemi ne me causerait pas plus d'embêtements que mon fils. » Il pleurait presque. Et je suis là, moi seul, à essayer de vous soutenir contre eux tous, et contre vous. En un an, vous avez été à deux reprises sur la liste des élèves à renvoyer, et deux fois j'ai obtenu de M. le Supérieur que votre nom fût effacé. Je me rends presque ridicule, à force d'intervenir sans cesse pour vous auprès de celui-ci et de celui-là. Seulement, on soutient, on soutient, et puis une heure vient où, soi aussi... — Vous écoutez ce que je vous dis ?

SOUPLIER

Mais oui, monsieur l'abbé.

L'ABBÉ

Alors, répétez.

SOUPLIER

Vous dites... Vous dites que j'ai été dissipé à la chapelle.

L'ABBÉ

Il n'a pas été question de cela. Allons, relevez la tête ! Toujours vos deux visages : le visage

vivant, joyeux, hilare que vous avez avec vos
camarades, — avec n'importe lequel de vos camarades, fût-ce le plus idiot. Et votre autre visage,
celui que vous avez avec moi. Avec moi vous n'êtes
pas une présence, vous êtes une absence. Et puis
aussi, c'est vrai, votre troisième visage, celui
que vous avez quand je vous communie : votre
visage quand vous cherchez à être sérieux, ou
quand vous l'êtes. *(Souplier tripote des objets sur le
bureau de l'abbé. L'abbé, doucement :)* Vous me feriez
extrêmement plaisir si vous ne tripotiez pas les
objets sur mon bureau *(Souplier ouvre un petit
tiroir latéral du bureau.)* et si vous n'ouvriez pas
mes tiroirs.

SOUPLIER

Vous savez bien que je suis mal élevé.

L'ABBÉ, *doucement.*

Je le sais. — Je suis fatigué de vous, Souplier,
affreusement fatigué de vous. Vous êtes une âme
pénible. Cruelle, et d'autant plus cruelle qu'elle
est plus faible. Vous êtes pesant ; on dirait que
toute la division ne peut pas arriver à décoller
de terre, à cause de vous seul, mon pauvre petit.

SOUPLIER

Pourquoi dites-vous « pauvre »? Je ne suis pas
à plaindre.

L'ABBÉ

Orgueilleuse petite âme d'esclave que vous êtes,
avec vos points d'honneur toujours si mal placés.

Pas à plaindre! Sachez qu'il y a des moments où je me demande si vous valez tout le mal que je me donne pour vous ; si dans mon amitié pour vous je n'ai pas eu un rôle de dupe.

SOUPLIER

l'abbé, je vous promets cette fois,

L'ABBÉ

Vos promesses! Cette chambre-ci, on pourrait l'appeler : la chambre des promesses. Sur cette chaise où vous êtes, toujours les mêmes mots, toujours les mêmes gestes, toujours les mêmes larmes, de génération en génération, chez des petits bonshommes dont chacun se croyait un être à part... Je suis fatigué aussi de vos promesses. *(Sonnerie du téléphone. Dans le téléphone :)* Vous direz que M. l'abbé de Pradts est en conférence avec M. le Supérieur, et ne peut pas être dérangé en ce moment. *(Sourire de Souplier. L'abbé raccroche, puis sourit :)* Vous m'avez dit un jour : « A quoi ça sert, les parents? Ah oui! ça sert à ce qu'on leur mente. » Vous voyez qu'il n'y a pas que les parents. Remarquez que c'était un coup de téléphone qui avait de l'importance. Mais il n'y a rien qui ait plus d'importance pour moi que mes élèves. — Où en étions-nous? Oui, je vous disais que je suis fatigué de vos promesses. Oh! je sais! Pendant deux jours vous faites un petit effort, il y a un jeu auquel vous voulez bien ne pas bouder, vous vous tenez à peu près conve-

nablement au réfectoire... Et puis de nouveau
tout se relâche, vous recommencez à être insolent,
chahuteur, menteur, à dégringoler avec une
monstrueuse insouciance ; tout à vau-l'eau, votre
corps et votre âme. Et je finis par me dire : à quoi
bon lier ce qui de toutes façons un jour sera délié ?

SOUPLIER

Les autres fois j'avais seulement promis. Mais,
cette fois, c'est juré.

L'ABBÉ

Vous dites ça, mais je sais bien que...

SOUPLIER

Oh! alors, si vous savez bien...

L'ABBÉ

Non! Non! mon petit, il ne faut pas que vous
croyiez que ce que vous dites est sans valeur
pour moi. Je vous ai dit que je vous abandonnais,
mais vous savez bien que ce n'est pas vrai. J'ai
beaucoup pensé à vous, ces jours-ci encore. Comme,
en juin dernier, quand mon vieux père était à
l'agonie, qu'on voulait vous renvoyer, et que
c'était à vous surtout que je pensais, même en ce
moment-là. Je vous l'ai dit alors : vous vous
souvenez ? *(Souplier hausse les sourcils.)* Non ?
Vous ne vous souvenez pas ? Moi qui suis si curieux
de tout ce qui vous concerne ; et vous qui ne
m'avez jamais posé une question sur moi, sur ma
vie, sur ma famille...

SOUPLIER

Je ne veux pas être indiscret.

L'ABBÉ, *souriant.*

Dites surtout que vous vous en fichez. — Eh bien, ces jours-ci, quand je pensais à vous, je me disais que je vous comprenais comme si vous étiez mon enfant, ou plutôt, à en juger par mon expérience des relations entre père et fils, beaucoup mieux sans doute que si vous étiez mon enfant.

SOUPLIER

S'il n'y avait que mon père pour me comprendre !

L'ABBÉ

Oui, je sais... Mais Dieu a créé des hommes plus sensibles que les pères, en vue d'enfants qui ne sont pas les leurs, et qui sont mal aimés, et il se trouve que vous êtes tombé sur un de ces hommes-là. *(Temps.)* Vous souriez... Est-ce que vraiment vous trouvez qu'il y a dans ce que je vous dis quelque chose de risible ?

SOUPLIER

Mais je ne souris pas !

L'ABBÉ

Si, vous avez eu un de ces petits sourires...

SOUPLIER

J'ai souri malgré moi, mais c'était pour une bêtise.

L'ABBÉ

Quelle bêtise? Je vous en prie! Une minute de sincérité! Une minute de confiance! La confiance, c'est déjà beaucoup, quand on ne peut pas obtenir davantage.

SOUPLIER

J'ai souri parce que vous faisiez des dessins sur votre buvard.

L'ABBÉ

Je faisais des dessins sur mon buvard parce que je pensais à vous.

SOUPLIER

Pourquoi est-ce que vous êtes gentil avec moi?

L'ABBÉ

Parce que vous méritez que je le sois. *(Il se lève, comme pour couper court à une émotion.)* Allons, mon petit enfant, il est temps que vous retourniez en étude ; il ne faut quand même pas que vos études se passent à ce que nous bavardions ensemble. Ça va à peu près, le travail?

SOUPLIER

Oh! ce soir, il y a mon devoir d'allemand... brrr!

L'ABBÉ

Laissez-le ce soir, et demain, en étude, j'irai voir un peu avec vous ce devoir d'allemand. Et à la schola, ça ne va pas fort, eh? Vous avez une jolie voix, et vous arrivez à gâcher même cela par votre attitude dans la maîtrise. Ça vous coûte donc beaucoup d'être poli avec vos professeurs?

SOUPLIER

Oui, ça me coûte beaucoup.

L'ABBÉ

Et vos mains, pleines d'encre! *(Il les prend, un instant très court.)* Toujours vos petites pattes chaudes et sales... Des encres de toutes les couleurs! Une palette! Jusque sur la figure. Et jamais peigné, jamais!

SOUPLIER, *sortant son peigne.*

Tenez, regardez, vous voyez bien qu'il y a des cheveux dedans.

L'ABBÉ

Vous allez vous laver les mains et la figure à la fontaine avant de rentrer en étude. Je ne veux pas qu'on vous voie ainsi. Est-ce que votre mouchoir est propre?

SOUPLIER

Hou, pas trop...

> *Il sort le mouchoir, et dans ce geste fait tomber des billes de sa poche. Il a un mouvement de la tête, de lassitude, et les ramasse avec nonchalance.*

L'ABBÉ,
*prenant le mouchoir et le tenant un instant
dans le creux de sa main.*

Plein d'encre de stylo, bien entendu. Attendez :
j'ai ici du linge des internes. Voici un mouchoir
propre. Vous me le rendrez à la sortie de l'étude.
Mais ne dites à personne que je vous ai prêté un
mouchoir d'un de vos camarades. Cela ferait
encore des histoires.

SOUPLIER

Non, non... Merci, monsieur l'abbé.

L'ABBÉ

Vous ne suez pas trop, avec ce chandail ? J'ai
remarqué qu'aux premières chaleurs les enfants
suent sous le chandail de l'hiver pas encore enlevé,
et alors c'est le rhume, le rhume refréné tout l'hiver.

SOUPLIER

Oh ! non, monsieur l'abbé, je ne sue pas trop.

L'ABBÉ

Et ne buvez pas des litres à la fontaine. A quelque moment qu'on lève les yeux, dans ce collège,
on voit un garçon qui est à boire à la fontaine. Vous
êtes comme de jeunes faons dans la forêt. Je n'ai
jamais connu un collège si altéré.

SOUPLIER, *avec un soupir.*

C'est nos études qui nous donnent soif.

L'ABBÉ

Moi, toujours à avoir peur pour vous, — pour vous, pour qui vos parents n'ont pas peur. Peur quand le temps fraîchit trop vite, peur quand vous passez vos examens... Et vous qui répondez si mal... Quelquefois, en étude, en cour — oh! c'est un petit jeu, rien de plus, — je m'amuse à suivre vos regards, à voir s'ils ne s'arrêteront pas sur moi. Et ils ne s'arrêtent jamais sur moi, — sur moi, jamais. Dimanche, vous êtes parti sans me serrer la main. Hier, de toute la journée, vous ne m'avez pas adressé la parole. A quel point vous pouvez vous passer de moi!

SOUPLIER

Mais, monsieur l'abbé, c'est vous qui m'avez dit plusieurs fois : « Faites attention, à cause des autres. Ne venez pas me voir trop souvent en cour. Ne m'interpellez pas tout le temps comme vous faites au réfectoire. Parlez de moi le moins possible avec vos camarades. »

L'ABBÉ

C'est vrai, je vous ai dit tout cela, mais...

SOUPLIER, *souriant.*

Mais... vous trouvez que j'en fais trop.

L'ABBÉ, *souriant.*

Oui, un peu trop. — Allons, j'aime votre présence et vous n'aimez pas la mienne ; quoi de

plus normal? Vous êtes un petit oiseau : vous êtes
tout le temps en train de vous envoler. Eh bien!
restez tel que vous êtes ; je ne vous en veux pas.
Et, aussi, oubliez ce que je viens de vous dire.
N'est-ce pas?

SOUPLIER

Pourquoi, l'oublier?

L'ABBÉ, *après un temps.*

Il y a des moments où je voudrais savoir ce que
vous pensez de moi, comment vous me jugez.
Savoir tout ce qui travaille dans votre caboche,
une fois que vous vous êtes envolé : si cela travaille
contre moi, ou en ma faveur...

SOUPLIER, *riant à demi.*

Mais, monsieur l'abbé... en votre faveur!

L'ABBÉ, *gaiement.*

Alors, tout va bien! — Et maintenant, filez!
Allez, au galop!

SCÈNE II

L'ABBÉ, *seul.*

*Un instant après que Souplier a refermé la porte,
l'abbé de Pradts prend le récepteur du téléphone posé
sur son bureau.*

Allô! Allô! Donnez-moi M. Prial. — M. Prial?
Monsieur Prial, Souplier sort de chez moi à l'instant. Je l'ai envoyé se débarbouiller à la fontaine.
Il devrait être rentré en étude dans six, huit minutes
au plus tard. Vous noterez exactement, je vous
prie, l'heure à laquelle il est rentré. Merci. *(Il
raccroche. Il prend un papier, et commence à écrire,
quand on frappe.)* Entrez!

SCÈNE III

L'ABBÉ, ANDRÉ SEVRAIS

L'ABBÉ, *bourru.*

Tiens! vous, Sevrais! Je vois ce qui vous amène...
SEVRAIS, *debout et « fonçant ».*
Monsieur l'abbé, je ne peux pas supporter que
vous jugiez que mon influence sur Souplier contrarie la vôtre. Je sais que vous vous intéressez particulièrement à lui...

L'ABBÉ

Je m'occupe de Souplier parce qu'il est de ma
division et c'est tout.

SEVRAIS

Si vous jugez que mon influence sur lui n'est pas
bonne, si je suis la pierre sur laquelle il achoppe,
dites-le-moi, et je suis prêt à rompre avec lui. D'ailleurs, même si cette influence n'est pas mauvaise,
cela fait trop d'influences. Chacun de nous le tire
de son côté : j'ai peur que, sans le vouloir, nous lui
fassions tous du mal. Et puis, je lui prends peut-
être du temps dans son travail. Je suis venu vous

offrir de me retirer. Quelle que soit là-dessus votre
réponse, je suis venu aussi vous demander si vous
voulez bien être à l'avenir mon confesseur.

Un silence.

L'ABBÉ

Asseyez-vous. Voyons, sérions un peu les ques-
tions. Qui est votre confesseur, ici ?

SEVRAIS

Je n'ai pas de confesseur au collège. Je me
confesse à un prêtre de la paroisse.

L'ABBÉ

Nous connaissons cela, qui n'est pas bon signe.
Mais cela va avec le reste. Personne n'ignore que
vous êtes le seul élève de votre division à être
externe libre. « Libre »; se lier le moins possible,
faire à sa tête... Vous savez bien qu'ici on ne tient
pas à avoir des externes libres. Et moins encore
à ce que nos élèves se confessent à des prêtres
du dehors.

SEVRAIS

Je pense que, sauf dans des circonstances excep-
tionnelles comme est celle-ci, les plus grands religieux devaient se confesser à quelque prêtre bien
simple.

L'ABBÉ

Sans doute avez-vous lu cela quelque part.

SEVRAIS

Oui.

L'ABBÉ

Parce que l'expérience religieuse n'est pas, je crois, votre fort. Il y a eu un certain zéro d'instruction religieuse qui a fait du bruit.

SEVRAIS

Je ne peux pas dire que je sois pieux. Mais j'ai la foi.

L'ABBÉ

Dans le milieu qui est le vôtre, qui n'a pas la foi à votre âge ? Vous vous êtes aussi rendu célèbre, si j'ose dire, en n'ouvrant jamais la bouche à la chapelle, pendant que tous vos camarades chantent.

SEVRAIS

Oui, mais je m'agenouille plus souvent qu'eux.

L'ABBÉ

Ah! il y a un système de compensations. Quoi qu'il en soit, on a déjà dû vous dire qu'il serait souhaitable que vous eussiez un confesseur ici. Mais il n'est pas souhaitable que ce confesseur soit moi. Venant après la charge que j'ai faite contre vous hier soir, cette volte provoquerait des curiosités inutiles. — Vous vous offrez aussi à rompre avec Souplier. Si c'est pour nous mettre à l'aise, vous savez que nous sommes faits pour n'être pas à l'aise. Mais si cette solution vous paraît la meilleure, je vous dirai que c'est bien mon avis. — Vous a-t-il parlé de moi? Que pense-t-il de moi?

SEVRAIS

Il ne m'a jamais dit que du bien de vous, monsieur l' bé.

L'ABBÉ

Mais encore? Que vous a-t-il dit?

SEVRAIS

Vous savez, moi, je ne me souviens pas au juste...

L'ABBÉ

Bon, vous ne voulez rien dire. — Il y a longtemps que vous aviez cette association avec lui?

SEVRAIS

Depuis le 14 janvier.

L'ABBÉ

Depuis le 14 janvier!... Et nous sommes à la fin de mars!... Eh bien, je vous fais mes compliments : vous avez bien caché votre jeu.

SEVRAIS

Nous n'avons pas caché notre jeu, monsieur l'abbé. C'était une question de tenue.

L'ABBÉ

Ah! ah! une question de tenue! Vous avez dissi-
mulé tous les deux à merveille. Comme dissimulent
les gosses, qui dissimulent aussi bien que les femmes,
sinon mieux. Car enfin, il n'y a pas plus de trois
jours que j'ai découvert votre affaire, c'est inouï!
Vous promettez peut-être de bonne foi, mais je ne
crois plus aux promesses, les promesses me donnent
le cafard. Vous avez commencé, vous continuerez.

SEVRAIS

Si j'avais pu faire autrement... J'ai horreur du
clandestin.

L'ABBÉ

Vous en avez horreur, et un jour vous ne pourrez plus vous en passer : le goût vous en sera venu
sans que vous y preniez garde.

SEVRAIS

Il fallait aussi feindre l'indifférence. A la longue,
c'est épuisant.

L'ABBÉ

A ce point?

SEVRAIS

Durcir son regard, ou l'écarter de force d'un
visage, rendre sèche sa voix, se retenir de trembler
quand quelqu'un vient s'asseoir à côté de vous...

L'ABBÉ

Je vois que vous êtes un émotif. A propos, il a
dû y avoir quelque chose de très sensationnel dans
cette journée du 14 janvier, pour que vous vous
souveniez si bien de la date?

SEVRAIS

Il y avait eu un malentendu entre nous. Ce
jour-là, il m'a dit : « Je sais bien que tu te fiches
de moi. » Je lui ai répondu : « Non, je ne me fiche
pas de toi. »

L'ABBÉ

Et c'est tout?

SEVRAIS

Oui, c'est tout.

L'ABBÉ

Vous vous êtes donné sans doute des gages
d'amitié éternelle?

SEVRAIS

Nous avons seulement échangé nos stylos.

L'ABBÉ

Quoi! Pas de serments? Pas de phrases roman-
tiques?

SEVRAIS

Il m'a dit : « Pour toujours. » Je lui ai répondu :
« Pour le plus longtemps possible. »

L'ABBÉ

Et depuis ce temps-là, bien entendu, des rendez-vous, des petits cadeaux ; des billets surtout, des billets! puisque vous êtes externe libre et qu'il est pensionnaire.

SEVRAIS

Ne me poussez pas à mentir.

L'ABBÉ

Des lettres longues de vous, courtes de lui, toujours avec la mention « A brûler », et toujours datées de minuit, du moins les vôtres.

SEVRAIS

Vous les avez vues?

L'ABBÉ

Non, mais... est-ce que, par hasard, vous vous croyez original? — Donc, des rendez-vous, des billets et des cadeaux.

SEVRAIS

Des rendez-vous et des billets, mais pas de cadeaux.

L'ABBÉ

Par principe?

SEVRAIS

Quand je lui ai parlé de lui faire un petit cadeau, il m'a dit : « Oh! non, un cadeau, ça me rappellerait mes parents. » Et puis, il m'a dit que, un cadeau d'un grand, ce serait mauvais genre. Et puis, que ça me ferait dépenser mes sous.

L'ABBÉ

C'est sans doute la dernière fois de votre vie que vous aurez une liaison aussi désintéressée. J'avoue que j'aurais cru Souplier moins limpide. Ainsi, lorsque je vous ai demandé la date où il s'est rapproché de vous, j'étais curieux de savoir si elle ne correspondrait pas à celle de votre entrée à l'Académie. Il aurait pu vouloir être nommé aspirant à l'Académie. Mais en janvier vous n'étiez pas encore académicien.

SEVRAIS

Souplier se fiche royalement de l'Académie.

L'ABBÉ

Il est vaniteux, — et la comédie de la spontanéité est des plus familières aux enfants.

SEVRAIS

Je vois que vous ne connaissez pas toutes les règles de la Maison.

L'ABBÉ

Que voulez-vous dire ?

SEVRAIS

Il est de règle ici qu'un petit, autant que possible, ne doit pas se lier avec un grand qui ait une

situation trop importante, parce qu'il aurait l'air
d'y mettre du calcul. Quand j'ai été nommé de
l'Académie, Souplier a été vexé.

L'ABBÉ

Votre division, ou plutôt votre clan, ferait bien
de porter ses raffinements dans d'autres objets
que les histoires de gosses. Quoi qu'il en soit, dans
la question des cadeaux, la réaction de Souplier
a été bonne. *(Temps.)* Vous aussi, que votre réaction, après ma mercuriale, soit d'être venu me voir,
est une réaction saine. Est-ce que vous en aviez
parlé à votre mère ? *(Signe de tête négatif de Sevrais.)*
Il vaut mieux que vous ne parliez pas de ces histoires de collège à votre mère : les parents et le
collège, ce sont deux mondes bien distincts, et il
n'y a pas intérêt à les mêler. *(Temps.)* Votre
démarche me fait un peu penser, toutes proportions
gardées, à sainte Thérèse d'Avila, qui allait se
confesser de préférence à ceux des religieux qui
étaient de ses adversaires.

SEVRAIS

Ah! Moi, j'avais songé plutôt à Sylla.

L'ABBÉ

A Sylla ?

SEVRAIS

Quand il se réfugie dans la maison de Marius,
son ennemi.

L'ABBÉ, *souriant.*

Décidément, je vois que l'histoire nous en veut
et ne nous lâchera pas! *(Temps.)* Je ne voudrais
pas que vous continuiez de dissimuler, comme
vous seriez peut-être tenté de le faire. Il y a aussi
de la loyauté en vous : votre présence ici le prouve.
Dans ces conditions *(souriant)*, l'alliance serait
peut-être plus heureuse que la guerre. Des circonstances se présentent quelquefois où nous devons
accepter de bon cœur le risque d'être trompés ;
je veux dire : où cela est préférable à donner l'impression que nous avons l'obsession du mal. Il
n'est pas impossible que je mise sur votre loyauté.
Il n'est pas impossible que je vous permette de
continuer à voir Souplier, mais avec votre promesse solennelle — encore une! c'était bien la
peine! — avec votre promesse solennelle que vos
relations seront irréprochables.

SEVRAIS

Monsieur l'abbé, je vous donne cette promesse
solennelle!

L'ABBÉ

Je crois, je crois infiniment au pouvoir de l'affection vraie. Je crois que l'affection vraie est le plus
puissant levier qui existe sur la terre. Le bon Dieu
nous fait une grâce en nous accordant d'aimer
quelqu'un. — Ce petit Souplier, ah, qu'il y aurait
à faire en lui! Je peux dire que, depuis un an, il
nous a donné de l'exercice! Tant au point de vue

travail — zéro — qu'au point de vue conduite —
pis que zéro. Il lui est arrivé d'avoir un cinq sur
vingt de conduite, ce qui ne s'était jamais vu dans
la division. Il a été deux fois sur la liste des élèves
à renvoyer, et deux fois M. le Supérieur a cédé
à mes instances et a renoncé à ce renvoi.

SEVRAIS

Oui, je sais qui on a renvoyé à sa place.

L'ABBÉ

Comment?

SEVRAIS

Vous avez dit à M. le Supérieur : « Donnez-moi
Souplier. Je vous donnerai Treilhard. » Dans les
listes de proscriptions, c'est comme cela que ça se
passe. Octave et Antoine...

L'ABBÉ

Ce que vous dites est ridicule. Et vous n'en
sentez même pas l'inconvenance. L'insolence
inconsciente est le propre des petits jeunes gens,
et un de leurs traits les plus ingrats. Nous n'avons
pas renvoyé Souplier parce que ce gosse nous intéresse. Dans le bien et dans le mal il est *vivant*, et
c'est beaucoup. Vivant, et attachant, et attachant
en cela même où il déçoit. Peut-être me suis-je
fixé davantage sur celui qui résistait davantage.
[Les enfants ne sont pas du tout malléables comme
on le croit. Ils ont leurs lignes fortifiées, sur les-

quelles ils résistent énergiquement. Sa ligne à lui est l'inertie : il est énergique dans l'inertie.] Malgré tout, par sursauts, il fait des efforts. Il faudrait pouvoir lui donner chaque jour un petit éloge, mais j'avoue que cela n'est pas facile. Regardez-moi ce que c'est, ce gamin-là : pas de volonté, pas de principes, des impressions, le cœur brouillé, un chantier où il y a de tout en vrac : pour quelques bonnes pierres de taille, un amas de ferraille, de torchis, de détritus de toutes sortes... Beaucoup de choses du côté de l'intelligence, et assez du côté du cœur, mais troublant, une âme douteuse, qu'il est dangereux de tripoter. Il est tombé d'une chute incroyable, et avec une parfaite insouciance, dont il ne se rendra peut-être compte que sur son lit de mort. Dans un an, s'il ne se ressaisit pas, une âme à l'eau. Il mérite beaucoup de pitié.

SEVRAIS

Mais il n'est pas si mauvais que cela! Je ne lui ai jamais rien vu faire de *vraiment* mal. Il ne se moque jamais des choses religieuses, comme font certaines Sainte Nitouche, qui sont de la Congrégation, et qui... Il m'a dit qu'il a fait une très bonne première communion, qu'on croyait qu'il la ferait mauvaise, et qu'il l'a faite très bonne. Bien mieux, un jour, chez M. Maucornet, je lui soufflais, puis j'ai été me confesser (je communiais le lendemain) et quand je suis revenu il m'a dit : « Maintenant tu ne peux plus me souffler, puisque tu t'es confessé... » Et il ne copie jamais ses compositions, tandis qu'il y en a d'autres, et des plus cotés...

L'ABBÉ

Oui, il a des délicatesses morales inattendues.
Même, à l'occasion, de la générosité : en juin dernier, à la promenade de Robinson, quand il a
prêté son âne à Trichet... Il pleure facilement, et
semble aimer pleurer. On jurerait, quelquefois,
qu'il aime aussi rougir. Et puis il redevient grossier, querelleur, brutal avec ses camarades. Il rage,
et alors il les tuerait. Cette violence, d'ailleurs,
n'est pas pour me déplaire. [J'aime mieux des
enfants avec un peu de fantaisie que des enfants
caporalisés.

SEVRAIS

Lui que j'ai toujours vu si doux avec moi!]

L'ABBÉ

Je vous ai dit : attachant. Mais, aussi, un peu
accablant. Vous n'êtes jamais fatigué de lui?

SEVRAIS

Non, jamais.

L'ABBÉ

Je connais sa famille. Une mère bécasse, une
sœur aînée peu recommandable, un père qui n'a
le temps que de gagner de l'argent pour faire marcher la roulotte. Pas de traditions, pas de culture.
Il n'a rien à attendre de son foyer, au contraire.
Tout ce qui l'en éloigne est une bonne chose. Si
vous voulez entreprendre de lui faire un peu de

bien, quelque assistance que ce soit est acceptée. Je ne vous dis pas : avec plaisir. Vous ne seriez pas là, comme un fait acquis, nous n'irions pas vous chercher. Et votre influence et votre responsabilité, qui sont énormes dans ce collège, ce feu de projecteur toujours braqué sur vous, ces murmures qui vous suivent dans tout ce que vous faites, ne facilitent pas notre tâche. Mais vous êtes là, vous avez de l'attachement pour lui ; lui, il a peut-être pour vous une certaine amitié ; enfin, au point où en sont les choses, puisque vous voici, soit, nous vous accueillons, c'est une chance à tenter.

SEVRAIS

S'il a « peut-être » pour moi « une certaine amitié », j'espère qu'il ne se lassera pas de moi après huit jours, maintenant que nous serons devenus si sérieux.

L'ABBÉ

Il restera avec vous par amour-propre. Il voudra « tenir », comme une performance sportive. Cela ne se fera pas sans que vous souffriez, je vous en avertis. Vous connaissez la règle avec les gosses : avant tout, ne pas leur montrer qu'on les aime, ça les agace. Seconde règle : qu'ils sont gentils d'abord, et ensuite de plus en plus désagréables à mesure qu'on en fait davantage pour eux. Vous, du moins, vous pouvez l'intéresser, l'amuser, le retenir. Nous autres, leurs prêtres, pourquoi nos enfants nous aimeraient-ils ? Comment leur imposer d'avoir confiance en nous, quand notre fonction est de les faire marcher droit? Nous avons à nous donner à eux ; ils n'ont pas à se donner à nous. Ils n'ont pas été mis au collège pour nous rendre heureux, mais pour être formés, et en partie à nos dépens ; il est inévitable et bienfaisant pour nous qu'ils nous meurtrissent. Nous sommes comme leurs mères : nous ne pouvons pas les créer, si nous ne souffrons pas. — De tout ce que je vous dis là, puisque vous allez vous charger un peu de lui, prenez quelque chose pour vous. Vous pouvez lui dire ici même, dans mon bureau, tout de suite, la nouvelle orientation que vous donnez à vos rapports. Je vais le faire appeler et je vous laisserai seuls quelques instants. Votre résolution en prendra un caractère un peu solennel, qui le frappera.

SEVRAIS

Je vous remercie beaucoup, monsieur l'abbé. Vous êtes chic.

L'ABBÉ

Veuillez noter, pour mémoire, que je suis peut-être « chic », à mes heures, mais que je ne suis pas ce qu'on appelle « un bon type ». Faites toujours les nuances.

SEVRAIS

Je fais toujours les nuances. Par exemple, entre « tenue » et « hypocrisie ».

Sourire de l'abbé.

L'ABBÉ, *dans le téléphone.*

Allô! allô! Donnez-moi M. Prial. — M. Prial?
Monsieur Prial, Souplier est rentré en étude? —
Voulez-vous me l'envoyer tout de suite. *(A Sevrais.)*
Il est surtout faible. Il lui faut beaucoup d'affection — dont son âme est digne, — et surtout la
fermeté énergique de quelqu'un qui sait ce qu'il
veut : le chirurgien ne doit pas s'évanouir pendant l'opération.

SEVRAIS

Cette opération... *(Il s'arrête.)*

L'ABBÉ

Cette opération?

SEVRAIS

L'autre été, j'ai été opéré de l'appendicite, à
chaud. Quand on allait m'endormir je me disais :
« Je vais peut-être y rester. » Et alors, je pensais
à lui.

L'ABBÉ

Cela est naturel. Ici vous allez être le chirurgien :
alors, pas de défaillance, s'il vous plaît. Évidemment, c'est une aventure. Mais quoi! On s'embar-
que bien sur l'eau et sur l'air : c'est aussi risqué
que de s'embarquer sur un gosse. Agissez par
l'exemple plutôt qu'en faisant de la morale. Pas
trop de paroles, autant que possible. *(Souriant.)*
Je dis « autant que possible » parce que vous êtes

un « littéraire », et, avec les littéraires, il faut toujour se méfier. Ne lui montrez pas trop comme vous l'aimez, il en prendrait barres sur vous.

SEVRAIS

Il peut prendre barres sur moi s'il lui plaît.

L'ABBÉ

Quand vous croirez avoir quelque chose à me dire, venez me voir : les élèves se connaissent autrement mieux entre eux que nous ne les connaissons par la confession. Je serai toujours là pour vous. Vous n'aurez qu'à frapper. Et si, par hasard, vous trouvez une dame en visite chez moi, entrez carrément. Ce sera une mère d'élève. Vous la ferez partir.

SEVRAIS

Merci encore, monsieur l'abbé. Merci pour tout, — et aussi d'être ce que vous êtes, de quelque nom que vous l'appeliez.

L'ABBÉ, *après un petit temps.*

Oh! vous savez, ce que nous sommes...

SCÈNE IV

L'ABBÉ, SOUPLIER, SEVRAIS

Quand Souplier entre, Sevrais se lève.

L'ABBÉ

Oui, Souplier, Sevrais est ici. Il a à vous parler.
Je vous laisse ; j'ai affaire à la questure. Je serai
d'ailleurs revenu dans cinq minutes.

SCÈNE V

SOUPLIER, SEVRAIS

Durant le début de cette scène, Souplier tortille un élastique, comme un tout petit môme.

SEVRAIS

Oui, c'est étrange, n'est-ce pas? Chez Maucornet on nous aurait fichus à la porte de l'école. Ici on nous ménage un rendez-vous. Comme ils sont fins! Ah! avec eux on peut vivre. Et comme il m'a parlé de toi! Ça, tu peux dire qu'il est calé sur les mouflets. Quand je pense que c'est l'homme qui, hier soir, nous accablait devant toute la division! Je t'assure, je suis bouleversé.

SOUPLIER

Enfin, que s'est-il passé?

SEVRAIS

Il s'est passé que je ne veux pas tromper de Pradts, qui cherche à te rendre meilleur. J'ai eu des torts envers toi, paraît-il. Si j'en ai eu, ils me font plus de mal qu'ils ne t'en ont jamais fait.

Mais qu'ils t'en aient fait un peu, c'est trop.
D'abord, j'ai décidé que j'allais changer ma façon
d'être avec toi, que nous serions maintenant très
sérieux. Ensuite j'ai décidé d'aller voir de Pradts,
de lui dire ce changement, et de lui demander
d'être mon confesseur. Pour le confesseur, il a
refusé. Mais pour le changement, il est d'accord.

SOUPLIER

Et, hier soir, dans le hall, tu te souviens de ce
que tu me disais ?

SÉVRAIS

Oui, je me souviens.

SOUPLIER

Mais tu te souviens *vraiment* ?

SÉVRAIS

Oui, je t'ai demandé : « Après l'algarade de de
Pradts, qu'est-ce que tu comptes faire ? » Tu as
répondu : « Moi, je continue. » Et moi, alors, j'ai
dit : « Moi, même si je n'en avais pas envie, je
continuerais parce qu'on nous le défend. » Mais
ensuite j'ai changé. Maintenant j'ai retrouvé la
partie bonne de moi. Maintenant je sais ce qui
est la vérité ; je veux dire : la vérité pour toi et
pour moi. Je me suis réveillé la nuit dernière au
milieu de la nuit et j'ai trouvé cela. Ç'a été comme
si j'avais dégagé des broussailles, et au-dessous
je trouvais un puits. Je ne sais pas ce qu'il y aura

entre nous dans l'avenir, mais, ce moment-là, c'est inoubliable. *(Sevrais a posé son pied sur le barreau de la chaise où est assis Souplier. Souplier, très simplement, en prenant le pied par la cheville, repose la jambe par terre. Sevrais remet son pied sur le barreau de la chaise.)* Laisse-moi mettre le pied sur le barreau de ta chaise.

SOUPLIER

Avoue quand même que toute cette histoire t'a refroidi.

SEVRAIS

Mais pas du tout! tu ne comprends pas. Toujours des malentendus! Tu crois que je suis refroidi à ton égard au moment même où je te donne cette preuve énorme d'amitié, de faire certains sacrifices parce que je pense qu'il est bon pour toi de changer de voie!

SOUPLIER

Enfin, tu as peut-être raison : ça doit être mieux ainsi. Et puis, surtout, si ça te fait plaisir...

SEVRAIS,
*qui a pris doucement des doigts de Souplier l'élastique
(Souplier paraissant inconscient de ce geste),
et le garde dans une de ses mains,
mais sans jouer avec.*

« Me fait plaisir » est une façon de parler! Je crois que c'est ce qui est le mieux pour toi, et aussi pour moi.

SOUPLIER

Alors, si tu crois que c'est ce qui est le mieux...
Moi, je serai avec toi comme tu voudras que je
sois.

SEVRAIS

A présent, tu vas voir comme tout va changer!
Ce sera une vie nouvelle, une sorte de fraternité
d'armes, comme du temps de la chevalerie... Et
puis, ce soulagement de ne plus se sentir traqués!
Et de ne plus mentir! [Quand il pleuvait, je songeais : « Maintenant, il entend la pluie. » Mais aussi,]
chaque fois que nous venions de nous quitter à la
porte de ta maison, je songeais : « Maintenant, il
est en train de mentir. » Et j'ai toujours eu trop
d'estime pour toi pour aimer te faire mentir.

SOUPLIER

Ça, tu sais, mes parents mentent eux aussi
quand ils veulent me faire avouer quelque chose.

SEVRAIS

Laisse tes parents mentir, et nous, ne mentons
plus.

SOUPLIER

Oui... Si tous les autres, à la boîte, pouvaient
en faire autant!

SEVRAIS

Dimanche matin, je te parlerai de notre nou-

velle vie. Depuis que j'ai pris cette décision, j'ai
tant de choses à te dire!

SOUPLIER

Pas dimanche. Je suis collé.

SEVRAIS

Encore! Pourquoi?

SOUPLIER

J'ai fait du chahut à la gym. J'*aime* faire du
chahut à la gym.

SEVRAIS

Ah! ce que tu es assommant!

SOUPLIER

Est-ce ma faute, à moi, si je suis collé!

SEVRAIS

Non, c'est la mienne! Ça t'amuse tant que ça
de faire des idioties?

SOUPLIER

Ce sont les amusements de mon âge.

SEVRAIS

Écoute, je ne peux pas attendre l'autre dimanche. Huit jours, ce n'est pas possible! Viens demain
à la resserre à cinq heures moins le quart, au début

de l'étude. Tu diras à ton surveillant que tu as
une répétition de la schola. Moi, je répète *Andromaque* à trois heures et demie. Je me rendrai libre
pour quatre heures et demie, et t'attendrai à la
resserre. J'ai la clef, c'est moi qui vends le chocolat
à la récrée. Je dirai que j'ai les comptes du chocolat à y faire. J'ai tout un plan de ce que maintenant
nant tu dois être, de ce que nous devons être.
Mais je n'y ai pas encore mis de l'ordre : j'y réflé-
chirai ce soir dans mon lit, et je t'expliquerai ça
demain.

SOUPLIER

Tu prétends que tu avais sur moi une mauvaise
influence, et tu veux changer. Mais tu me pousses
à venir à la resserre pendant l'étude, en racontant
une blague à Prial...

SEVRAIS

Cela n'a aucune importance, puisque de Pradts
a permis que nous nous voyions, nous a laissés
ensemble dans son propre bureau, et puisque je ne
te verrai demain que pour te parler de notre nouvelle ligne de conduite. On veut que j'aie de l'influence sur toi : c'est admettre que nous nous verrons
autrement qu'une heure le dimanche matin, à la
sortie. Ce n'est pas en te voyant une heure par
semaine que je peux quelque chose sur toi. Et
quand je dis une heure par semaine!... Comme tu
es toujours collé... *(On frappe.)* Alors, entendu,
demain cinq heures moins le quart?

SOUPLIER

Oui, entendu.

SEVRAIS, *lui rendant l'élastique.*

Tiens, ton élastoche... *(Lui serrant la main de façon très garçonnière, en la secouant un peu.)* Allez, au revoir, ma vieille...

SOUPLIER

Je suis pas une vieille.

On frappe à nouveau, puis, du dehors, on entrebâille la porte.

SCÈNE VI

SEVRAIS, SOUPLIER, M. HABERT

M. HABERT

Comment, vous, ici, avec Souplier! Chez M. le Préfet! Eh bien, voilà qui est fort!

SEVRAIS

Monsieur, c'est M. l'abbé de Pradts qui nous a laissés ici, seuls, exprès. Il doit revenir dans un instant : il vous le dira.

M. HABERT

C'est ce que nous allons voir.

SCÈNE VII

SEVRAIS, SOUPLIER, M. HABERT, L'ABBÉ

M. HABERT

Monsieur l'abbé, je trouve ces deux garçons ici...

L'ABBÉ

Oui, monsieur Habert. Ne vous troublez pas. Je vous expliquerai.

Il fait signe aux garçons de se retirer.

SCÈNE VIII

L'ABBÉ, M. HABERT

L'ABBÉ

Les enfants sont merveilleux, et c'est pour cela qu'il faut être merveilleux avec eux. L'extraordinaire est leur domaine ; il doit être le nôtre, et qu'y a-t-il de plus aisé? L'extraordinaire n'est-il pas le domaine de notre religion? Sevrais est venu spontanément me parler. Il voulait même se confesser à moi! Il m'a donné sa promesse qu'il allait changer de genre avec Souplier. J'ai résolu de lui faire confiance, et de leur laisser un peu la bride sur le cou, à titre d'essai. J'aime encore mieux cela que de les sentir qui dissimulent. Il paraît que cette histoire durait depuis plus de deux mois, et j'avoue que je n'avais rien remarqué.

M. HABERT

Enfin, monsieur l'abbé, si je retrouve Sevrais et Souplier, à l'écart, comme ici aujourd'hui, je devrai, je pense, vous en avertir?

L'ABBÉ

Bien entendu. Tenez-moi au courant de tout ce qui les touche. Surveillez leur allure générale. Faites-les surveiller discrètement par Boussard ; c'est un garçon sûr ; il espère d'ailleurs l'Académie. Tout cela sera d'autant moins difficile que maintenant ils ne vont plus se cacher. Maintenant nous les avons bien en main.

M. HABERT

C'est beau, la confiance! Mais ne craignez-vous pas qu'ils en abusent?

L'ABBÉ, *geste vague.*

On ne peut pas savoir... Oui, il est possible qu'ils en abusent.

Un petit temps. Puis M. Habert se retire. Et le rideau tombe.

ACTE II

LA RESSERRE

Le lendemain.

L'intérieur d'une assez grande cabane située dans la cour de récréation. Elle sert de resserre aux objets des jeux, échasses, crosses de hockey, ballons de foot-ball, poteaux de but, boucliers, qu'on voit rangés à terre le long des murs. Des caisses. Une toute petite table. Pas de chaise. A gauche, fenêtre de petite dimension, à hauteur de visage, donnant sur la cour, avec un rideau. A droite, porte ouverte, donnant également sur la cour.

SCÈNE PREMIÈRE

M. HABERT, HENRIET

Bruit extérieur d'enfants qui jouent en cour pendant la récréation.

M. Habert, durant toute cette scène, manipule des ballons ou quelque autre objet, qui justifient sa présence à la resserre.

M. HABERT

Sevrais par-ci! Sevrais par-là! On n'entend parler que de lui, pour le bien et pour le mal. Vous savez sans doute que M. de Pradts a annoncé hier soir à la causerie, vingt-quatre heures après avoir lancé la bombe contre son amitié avec Souplier, que cette amitié était permise, et quasiment exemplaire. Souplier officiel! On aura tout vu.

HENRIET

Il paraît que Sevrais lui avait demandé dans l'après-midi s'il acceptait de devenir son confesseur, et avait même offert de rompre avec Souplier. Cela a retourné la situation. Il lui a fait le coup de la confiance. De sorte que l'abbé, pour n'être

pas er reste, se croit obligé de jouer lui aussi la
carte confiance.

M. HABERT

Je ne crois pas que les choses se présentent
tout à fait comme vous les voyez.

HENRIET

Au fond, ce n'est peut-être pas si malin. Déjà les
types disent : « Pourquoi ça leur est-il permis à
eux et pas à nous ? Et à Souplier ! Un gars qui déjà
ne devait qu'au chouchoutage de n'avoir pas été
renvoyé plusieurs fois. Mais c'est bien ça ! »

M. HABERT

Il est certain que l'association Sevrais-Souplier a
quelque chose d'incroyable, surtout quand on la
rend officielle. L'as du collège, et le voyou du
collège. Je me demande pourquoi Sevrais a été
choisir ce garnement-là.

HENRIET

Peut-être par paradoxe, pour étonner.

M. HABERT

Au fond, M. de Pradts est bien content que Souplier soit un peu tête de Turc : cela lui permet de
s'attendrir. Et plus il s'attendrit, et s'y plaît,
plus il voit en lui une victime.

HENRIET

Il paraît que les parents de Souplier ont toujours une ardoise au collège. Toujours en retard

pour payer. C'est l'abbé de Pradts qui a obtenu du supérieur qu'on lui donne des répétitions de chant à l'œil.

M. HABERT

Sevrais d'abord, M. de Pradts ensuite, ont manœuvré de telle sorte que Sevrais se trouve, selon moi, dans une position bien plus difficile qu'auparavant. Je ne sais si je devrais m'expliquer. Cela pourrait rendre service à votre camarade, mais de ma part c'est délicat. D'ailleurs, je me trompe peut-être...

HENRIET

Que voulez-vous dire?

M. HABERT

M. de Pradts est quelqu'un de remarquable, — un des deux hommes remarquables du collège, avec M. le Supérieur. Mais c'est un homme passionné. Il est vrai que l'éducation est une passion. *(Ricanant.)* Surtout quand c'est l'éducation de Souplier! Quand même, cela fait sourire un peu. Il lui a porté son veston pendant toute la promenade de jeudi! M. de Pradts devait être nommé à Rome, dans un emploi qui tient du brillant et du solide. Il aurait refusé, pour ne pas quitter le collège. Dieu sait pourtant que l'humilité n'est pas son fort. Vous avez remarqué avec quelle condescendance il traite les professeurs? Et vous connaissez son mot atroce : « Les professeurs

nous sont une occasion de charité »? Les surveillants, n'en parlons pas : je crois qu'il ne fait
aucune différence entre nous et les garçons de
salle... *(Sonnerie de cloche annonçant la fin de la
récréation. Les voix des enfants qui jouaient vont
s'éteindre peu à peu.)* Nous reparlerons de cela
une autre fois. Je donne maintenant une répétition
de latin à Monnet et à Piérard. *(Il va vers la porte.)*
Vous ne rentrez pas en étude?

HENRIET, regardant par la fenêtre.

Voilà Sevrais qui vient à la resserre. Il boit un
coup à la fontaine. Il sort de sa répétition d'*Andromaque*. Nous rentrerons ensemble dans dix
minutes. Avec les répétitions, tout est permis...
pour huit jours encore.

Sevrais entre.

M. HABERT, à Sevrais.

Il paraît que vous ne rentrez pas tout de suite
en étude? Ce n'est pas moi qui fais l'étude ce
soir ; débrouillez-vous donc. Mais j'ai hâte que
cette séance ait eu lieu. Il n'y a plus de discipline
possible avec ces allées et venues à cause des répétitions.

SCÈNE II

HENRIET, SEVRAIS

HENRIET

Alors, compliments! Le coup de la confiance!
Une politique profonde!

SEVRAIS

De quoi parles-tu?

HENRIET

Toi et de Pradts...

SEVRAIS

Aucune politique. Je n'ai pas voulu contrarier
l'influence de l'abbé de Pradts sur Souplier, et
c'est tout.

HENRIET

Enfin, vous voilà tous deux avec l'estampille
du gouvernement. Parfait! Mais est-ce que tu
ne crois pas que ça va faire crier?

SEVRAIS

Ce que je sais, c'est que, quand j'ai décidé avec
Souplier qu'on allait changer de genre, il a dit :
« Si tous les autres pouvaient en faire autant! »
Oui, c'est Souplier le cancre, Souplier le gangster,
qui a souhaité le premier que ce que nous faisions
d'un peu bien fût fait par tous ; moi, je n'y avais
pas pensé. Et je compte bien que tu te mettras
des nôtres.

HENRIET

En quoi?

SEVRAIS

En désavouant publiquement — dans une lettre
que tu m'adresserais, par exemple — l'atmosphère
d'excitation sentimentale dans laquelle nous faisons vivre certaines petites personnes.

HENRIET

Nous apprenons avec stupeur que tu as une âme
de sheriff.

SEVRAIS

Amollir de pauvres gosses qui sont en plein
dans le désarroi de l'adolescence, c'est par trop
facile! Tandis que ce n'est pas facile de les forti-
fier, de les rendre meilleurs.

HENRIET, *pouffant de rire.*

Bravo! Bravo!

SEVRAIS

Il faudra pourtant que tu y viennes, si tu veux que nous restions amis.

HENRIET

Alors, tu l'aimes vraiment, ce gosse-là?

SEVRAIS

On dirait que ça ne te paraît pas croyable. Toi aussi contre lui! Tous contre lui! Mais moi avec lui, toujours et quoi qu'il arrive.

HENRIET

Oh! c'était une simple question...

SEVRAIS

Eh bien, voici ma réponse. J'ai été attiré vers lui du premier jour qu'il est apparu à l'école Maucornet. Et puis je suis resté six mois sans oser presque lui adresser la parole. Ensuite nous sommes devenus amis. Mais c'est maintenant qu'il va savoir comme je l'aime. S'il savait à quel point je l'aime, il ne comprendrait pas. Et, s'il comprenait, il serait effrayé.

HENRIET

C'est tout à fait *Andromaque*:

Que ne peut l'amitié conduite par l'amour ?

SEVRAIS

Tu n'y entends rien. Ça n'a rien à voir avec l'amour. J'ai un mépris ardent pour l'amour. Quand je répète et que je dis toutes ces tirades de Pyrrhus, ça me paraît tellement mièvre, tellement faux, tellement mort auprès de ce qu'il y a en moi. Le théâtre classique n'est bien que dans la litote.

HENRIET

La litote? Qu'est-ce que c'est que ça?

SEVRAIS

C'est quand on dit moins que ce qui est. Quand Suréna et Eurydice se sont quittés en s'aimant du fond de leur cœur, mais Eurydice dit seulement :

Notre adieu ne fut point un adieu d'ennemis.

Moi, avec Souplier, c'est toujours la litote.

HENRIET

Enfin, tu l'aimes plus que ta mère?

SEVRAIS

Lui, il a toujours été net avec moi.

HENRIET

Est-ce que tu as tenu ta mère au courant?

SEVRAIS

A moitié.

HENRIET

Tu me rappelles de Linsbourg quand je lui
ai demandé s'il disait tout en confession. Il m'a
répondu : « Je dis tout, mais pas les détails. »
Alors, ta mère supporte Souplier ?

SEVRAIS

Elle le supporte pour que je la supporte.

HENRIET

Je pige pas.

SEVRAIS

Je ne pouvais m'empêcher de prononcer le
nom de Souplier, c'était plus fort que moi, et
comme je rougissais en le prononçant, elle s'est
mise à me picoter. D'ailleurs avec gentillesse,
de sorte que je me suis découvert un peu. Un jour
elle s'est écriée qu'elle savait tout. Elle voulait
me faire voir qu'elle est fine, mais elle me faisait
voir qu'elle n'est pas fine, car tout de suite je me
suis refermé, et ce n'était pas ce qu'elle voulait.
Elle a fouillé dans mon cartonnier, en forçant
la serrure, et n'a rien trouvé. Moi, tu le devines,
toujours de plus en plus fermé. Alors volte-face :
elle s'est remise à me parler de lui gentiment,
et moi je me suis rouvert. Avant tout, maintenant,
ma mère veut garder ma confiance, et que je
reste gai et ouvert avec elle. Nous parlons de
Souplier presque tous les jours. Elle l'a appelé :
« Ton petit copain. » Je n'aime pas quand elle

l'appelle comme ça. Ma mère n'a pas le ton.
C'est difficile, de trouver le ton, quand on est
parent. Il y a huit jours, elle a demandé à revoir
mes photos de lui, et elle soupirait en les regardant : « Dire que je n'aurai plus jamais un petit
garçon comme cela à câliner! Et quelle fraîcheur!
Ah! il n'a pas besoin de fond de teint, celui-là! »
Par lui, elle demeure dans ma vie. Par lui, elle me
conserve. Et elle sacrifierait tout à cela. Elle
est comme Agrippine avec Néron.

HENRIET

Et du même coup, elle te rapproche de lui.
Ça, c'est costaud.

SEVRAIS

Une mère, c'est la langue d'Ésope : le meilleur
et le pire. Mais, cette fois, je voulais être en paix
avec tous, autant qu'avec moi-même, de sorte
que je lui ai appris, hier soir, notre changement
de voie, et qu'à présent on marchait d'accord
avec de Pradts. Elle était émue. Quand j'ai eu
fini, elle m'a dit : « Alors, embrasse-moi. »

HENRIET, *déclamant* Andromaque.

> *Vous saurez quelque jour,*
> *Madame, pour un fils jusqu'où va notre*
> [*amour.*

E.... pas de commentaires?

SEVRAIS

Si. Que de Pradts allait me tirer dans les jambes,

et que Souplier allait me laisser tomber. A part ça, félicitations et encouragements.

HENRIET

Est-ce que le genre sérieux ne sera pas trop lourd pour lui? Il faudrait le convaincre que, dans cette sorte d'épreuves, c'est la durée qui est tout. — Tu as dit à ta mère que de Pradts chouchoutait Souplier?

SEVRAIS

Non, bien sûr. J'ai glissé là-dessus. N'empêche que...

HENRIET

Que?

SEVRAIS

Elle m'a dit que de Pradts était jaloux de moi.

HENRIET

Qu'est-ce que tu lui as répondu?

SEVRAIS

Que c'étaient bien là des idées de femme : où est-ce qu'elle se croyait? Elle est aussi étonnée que je ne sois pas jaloux de lui. Elle prétend que c'est anormal. Quand je lui dis que je ne peux pas être jaloux de quelqu'un qui fait du bien à Souplier, elle ne comprend pas. — Ma mère voudrait que Souplier vienne goûter à la maison.

Mais moi, je ne veux pas : ne mêlons pas les ordres, comme dit de Pradts. J'ai parlé à ma mère de notre nouvelle vie, parce que je ressentais le besoin d'être appuyé par tout le monde. Mais, comme cela, ça suffit. Avec les parents, c'est malheureux à dire, il ne faut jamais être tout à fait franc du collier.

HENRIET

J'ai été frappé de ce que Souplier, quand il rencontre de Pradts, lui donne la main le premier et ne se découvre pas, alors que les autres types se découvrent, et attendent que de Pradts leur tende la main.

SEVRAIS

Et alors ?

HENRIET

J'ai trouvé cela curieux. C'est tout.

SEVRAIS

Je ne vois pas ce que cela a de curieux. De Pradts s'intéresse à Souplier. S'il le laisse être un peu familier, c'est sans doute pour l'apprivoiser mieux. Souplier est plutôt sauvageon.

HENRIET

Oui, ça doit être pour ça.

SEVRAIS, *regardant son bracelet-montre.*

Tu ne rentres pas en étude ?

HENRIET

Et toi?

SEVRAIS, *sortant du tiroir de la table
des boîtes de tablettes de chocolat.*

Il faut que je fasse les comptes du chocolat.
A vendre ça dans la bousculade de la récrée, tous
les jours je m'y perds quand je rends la monnaie.
J'y suis de ma poche.

HENRIET

Je t'attends. Tu n'en as pas pour longtemps?

SEVRAIS

Si, parce que ça me trouble quand on me regarde pendant que je fais des calculs.

HENRIET

Bon, je te quitte. A tout à l'heure.

SEVRAIS

Oui, oui, au revoir.

Il pousse Henriet dehors, et ferme la porte.

SCÈNE III

SEVRAIS, *seul.*

*Il va à la fenêtre et, sans se montrer trop, re-
garde au dehors. Puis consulte de nouveau sa
montre. Puis tapote légèrement la vitre, et court
ouvrir la porte.*

SCÈNE IV

SEVRAIS, SOUPLIER

SOUPLIER

J'avais peur de te faire attendre. Tu m'aurais bien attendu? Jusqu'à quelle heure tu m'aurais attendu?

SEVRAIS

Jusqu'à moins cinq. Au-delà, ça aurait paru louche. — Il paraît que de Pradts a parlé de nous hier à la causerie.

SOUPLIER, *mangeant une sucrerie plantée sur un bâtonnet.*

Oui. Il aurait mieux fait de se taire.

SEVRAIS

Pourquoi? La réaction des types n'a pas été bonne?

SOUPLIER

Non.

6

SEVRAIS

Ils se sont fichus de toi?

SOUPLIER

De toi aussi. Ils disaient : « Ils veulent nous épater, nous faire la leçon! Ils crânent! » Simonnot nous a traités d'hypocrites. Je me suis jeté sur lui. Tu aurais vu ce coup de judo que je lui ai fait.

Il s'assoit sur une des caisses.

SEVRAIS

Et moi, pendant ce temps, la petite phrase que tu m'as dite hier germait en moi : « Si tous les autres pouvaient en faire autant! » Que les grands ne soient plus égoïstes, qu'ils ne jouent plus avec les petits comme avec des poupées, qu'ils cherchent vraiment à leur faire du bien... Quelque chose qui soit toujours de plus en plus désintéressé...

SOUPLIER, *remontant ses socquettes.*

Ces vaches de socquettes qui se débinent...

SEVRAIS

Il faudrait les prendre d'abord par le snobisme. Leur dire que, les gosses, c'est vieux jeu. Il faudrait que ceux qui continuent le genre se sentent l'exception. J'avais même pensé... Si de Pradts parlait à Linsbourg de son amitié avec Devie comme il m'a parlé de toi, pour voir si Linsbourg, lui aussi, ne réfléchirait pas... Je pourrais le lui suggérer. Je serais ainsi — avec toi — à l'origine d'une grande réforme dans les deux divisions. Plus tard, on dirait : « Il a fait un bien épatant au collège... »

SOUPLIER

Au fond, le collège t'occupe plus que moi.

SEVRAIS

Idiot! Mais, c'est vrai, même si tu n'y étais pas, je ne pourrais pas me passer du collège. Si tu savais combien de fois j'ai dû me débattre, tout ce que j'ai pu inventer, pour que ma mère ne m'en retire pas! Et mon horreur des grandes vacances qui approchent, et ma nostalgie, dès Pâques, d'octobre et de la chère rentrée, avec les feuilles mortes et la pluie... Toute ma vie tient ici ; c'est le collège qui est ma raison d'être.

SOUPLIER

Quand tu penses déjà à ce qu'on dira de toi plus tard, pour le bien que tu auras fait au collège, tu ne crois pas que c'est de l'orgueil?

SEVRAIS

Ah! toujours, vous tous, à douter de moi! De Pradts, Henriet, même toi!

SOUPLIER, *tendant sa sucrerie à Sevrais,*
qui la prend et la finira.

Tu peux la finir, ça me fait mal au cœur. — Toi aussi tu doutes de moi. Tu l'as dit à de Pradts.

SEVRAIS

Moi ?

SOUPLIER

De Pradts m'a parlé hier soir après dîner.
Pendant une heure et dix minutes, tu te rends
compte. Il paraît que tu lui as dit qu'au bout
de huit jours j'en aurais assez de notre vie nouvelle.

SEVRAIS

J'ai dit : « J'espère qu'il n'en aura pas assez
après huit jours. » *Espérer* et *croire*, ce n'est pas
la même chose. De Pradts aurait pu ne pas te
le répéter, et surtout en le déformant. Déjà je
barbouille toujours un peu quand je te parle ;
s'il faut encore que ce soit déformé quand on le
répète... Oui, je ne sais pas te parler quand on
est ensemble, mais si tu savais tout ce que je te
raconte quand tu n'es pas là ! De Pradts t'a dit
autre chose sur moi ?

SOUPLIER

Oui. — Mais de Pradts ne te connaît pas...

SEVRAIS

Ce qui veut dire qu'il pense du mal de moi.

SOUPLIER

Quand j'entends dire du mal de toi, je ne le
crois jamais.

SEVRAIS

Donc, il a dit du mal de moi.

SOUPLIER

Pas précisément, mais il n'est pas très chaud.

SEVRAIS

Alors, pourquoi favorise-t-il nos relations? Il y a là quelque chose qui m'échappe.

SOUPLIER

Il paraît que d'abord tu lui as offert de rompre avec moi. Ça, tu ne me l'avais pas dit. Et s'il t'avait pris au mot, en quoi est-ce que ça aurait consisté? A ce que tu passes sur l'autre trottoir quand tu m'aurais rencontré? Ah, ça!...

SEVRAIS

Ça t'aurait fait quelque chose?

SOUPLIER

Pas à toi?

SEVRAIS

Quand je lui ai offert ça, j'étais sincère. Mais, s'il avait accepté, je me demande ce que j'aurais fait.

SOUPLIER

Enfin il m'a demandé si je t'aimais.

SEVRAIS

Et qu'est-ce que tu lui as répondu?

SOUPLIER

Je lui ai dit : « Les autres, ils font comme ils veulent. Nous, c'est à la mort à la vie. »

SEVRAIS

Et qu'est-ce qu'il a répondu?

SOUPLIER

Que « à la mort à la vie » n'était pas français.

SEVRAIS

C'est drôle...

SOUPLIER

Qu'est-ce qui est drôle?

SEVRAIS

Je n'imagine pas cette conversation. En tout cas, tu as bien fait, parce que, à moi aussi, il avait déjà laissé entendre que tu avais « peut-être », pour moi, « une certaine amitié », sans plus. — Ce qu'il faut désormais, c'est que tu fasses des efforts. Si tu continues à te laisser aller, maintenant qu'on sait que je m'occupe de toi, de quoi est-ce que j'aurai l'air?

SOUPLIER

Ça, pour le coup, c'est bien de la vanité.

SEVRAIS

Ah! encore! Eh bien, mettons que j'y mette un petit peu de vanité, ce n'est pas défendu?

SOUPLIER

Non, vas-y. Je t'ai pris comme tu es. *(Pendant ces dernières répliques, le ciel a dû s'assombrir au dehors, car une pénombre s'est faite dans la cabane, qui durera jusqu'à la fin de l'acte. Un grondement de tonnerre. Souplier se lève et va regarder à la fenêtre. Par la suite, quelques autres roulements de tonnerre.)* La semaine prochaine, il faut que j'aie 16 de conduite. — Oh! non, 16, c'est trop : 13 ou 14. De Pradts m'a dit que ça n'allait pas. Il est très gentil, mais il vous fait chialer. Il vous fait chialer, ensuite vous console, mais, en vous consolant, vous fait chialer encore. Lui, il sait vous prendre!

SEVRAIS

Tu pleures aussi, avec tes parents?

SOUPLIER

Oh! avec eux, je fais semblant. — Ce qu'il fait noir, dehors! Regarde : les fenêtres s'allument dans le dortoir des petits. Il va y avoir un de ces orages! Si ça doit être ce temps-là pendant les vacances de Pâques... A propos, de Pradts veut m'emmener huit jours dans une maison qu'il a à la campagne, où il va pendant les vacances avec d'autres types de la division. Pour m'isoler, qu'il dit.

SEVRAIS

T'isoler de qui? De moi?

SOUPLIER

De mes parents, je suppose.

SEVRAIS

Il ne m'a pas parlé de ça.

SOUPLIER

Mais c'est la barbe! Je lui ai dit que ma mère préférerait sans doute que je reste parce qu'elle est malade.

SEVRAIS

Quand même, il t'aime rudement, cet homme-là.

SOUPLIER

Oh oui! J'aurais dû faire plus d'efforts.

SEVRAIS

Si tu ne les fais pas pour moi, fais-les pour lui. Et puis, tu devrais y aller, à sa maison. Tu dis toi-même que ce serait bon pour toi. — Avant, je pensais : « Pourvu qu'il soit heureux, c'est tout ce qu'il faut. » Il n'était guère de matin où en me réveillant je ne me dise : « Aujourd'hui, comment est-ce que je pourrais lui faire plaisir ou lui rendre service? » A présent, je voudrais davantage. Je voudrais si passionnément, à présent, que tu de-

viennes quelqu'un de tout à fait bien (sais-tu? c'est
la même phrase, juste la même, que me disait ma
mère il y a quelques jours). Que tu luttes contre
tout ce qu'il y a en toi qui tend vers la légèreté,
vers la grossièreté, vers la facilité, vers la veulerie.
Que tu fasses les choses un peu consciencieuse-
ment. Tu sais bien ce que ça veut dire : conscien-
cieusement?

SOUPLIER

Ça veut dire : gentiment.

SEVRAIS

Oui, à peu près. Que tu sois un peu moins paresseux... Dans ton travail, en quelle matière est-ce
que tu es mauvais?

SOUPLIER

En tout.

SEVRAIS

Pourtant, de Pradts dit que si tu voulais... En
somme, es-tu vraiment paresseux, oui ou non?

SOUPLIER, *avec enthousiasme.*

Oh, oui! — Je suis un enfant difficile. Je cause
beaucoup de soucis à mes parents.

SEVRAIS

Mais je me demande si on n'exige pas trop de toi.

SOUPLIER

Non, ça, je t'assure, je suis insupportable. C'est
bien simple : on ne peut pas me faire obéir.

SEVRAIS

Avec mon examen trimestriel, le bac dans trois
mois, les répétitions de la pièce, je travaille dur
ces temps-ci. J'éteins tous les soirs à minuit passé.
Et pourtant, toi, tu continues au-dessous de tout
cela sans faire de bruit, et, aussitôt que cela s'arrête,
c'est toi que je retrouve. Quelquefois je m'arrête
exprès, cinq minutes, dix minutes, pour penser à
toi. Et ces instants où je pense à toi sont les seuls
bons de ma vie. Mais hier soir je m'en suis donné!
J'ai tant pensé à tout ça, hier soir, dans mon lit,
que je me suis endormi en laissant l'électricité
allumée. Ce matin, ma mère m'a engueulé.

SOUPLIER

Ce que c'est assommant, les parents! Ça ne
peut jamais être comme tout le monde. — Je dis
ça, mais je n'aime pas quand de Pradts me dit
du mal des miens ; ça me choque. Un jour, mon
père avait fait je ne sais plus quoi, et de Pradts
m'a dit : « Un homme intelligent ne fait pas ça. »
Si je l'avais répété à mon père, il aurait été se
plaindre au supérieur, et il aurait eu raison. Mais
je ne veux pas cafarder de Pradts. J'ai une dette
envers lui.

SEVRAIS

Ton père te donne ce qu'il peut. Et de Pradts

lui aussi te donne ce qu'il peut. Moi, quel malheur
que je ne sois pas ton frère!

SOUPLIER

Oh non alors!

SEVRAIS

Pourquoi?

SOUPLIER

Parce que je serais obligé de te mentir.

SEVRAIS

Moi, même si tu me mentais, ça me serait égal.

SOUPLIER

Mentir à mon père, c'est régulier. Mais mentir
à toi ou à de Pradts, non.

SEVRAIS

Et puis, c'est vrai, si j'étais ton frère, j'en ferais
moins pour toi.]

SOUPLIER

Oh! tu en fais déjà beaucoup pour moi! —Est-ce
que tu mourrais pour moi? Tiens, si je me noyais...

SEVRAIS

Je me jetterais sûrement à l'eau. Mais pas pendant la digestion. Et toi? par exemple, si je tom-
bais dans un précipice...

SOUPLIER

Ça dépend. Un précipice de combien? Si c'était un précipice de deux cents mètres, je ne descendrais pas, évidemment. Mais si c'était un petit précipice, oui.

SEVRAIS

Alors, puisque tu as dit à de Pradts que c'était « à la mort à la vie », nous pourrions peut-être faire le mêlement des sangs. Tu as dû en entendre parler...

SOUPLIER

Je sais que Linsbourg et Devie l'ont fait, il y a quatre ans. Devie avait dix ans...

SEVRAIS

Lasseille et Béchaud l'ont fait aussi. Mais c'est la règle, qu'on n'en parle pas.

SOUPLIER

Jamy et Constantin, eux, ont juré pour deux ans.

SEVRAIS

Si je ne te l'ai pas proposé plus tôt...

SOUPLIER

C'est parce que tu n'étais pas assez sûr de moi.

SEVRAIS

Non, c'est parce qu'il me semblait qu'entre nous deux il n'y avait pas besoin de serments ; qu'ils seraient de trop. Mais aujourd'hui qu'avec ton aide je me suis relevé, nous ne faisons pas seulement le serment de rester amis, quoi qu'il arrive, même plus tard, même si les circonstances nous ont séparés un long temps, nous faisons le serment que notre amitié sera toujours ce qu'elle est aujourd'hui. Tu es d'accord ?

SOUPLIER

Oui.

SEVRAIS

Et moi je fais aussi le serment que jamais, dans mes relations avec toi, je ne chercherai mon intérêt ; seulement le tien. « *Domine, non nobis* »...

SOUPLIER

Et moi, ce que je veux, c'est que jamais il ne te vienne une déception à cause de moi. Une peine, peut-être. Mais pas une déception.

[SEVRAIS

Je me demande si on le fait aussi pour le passé.

SOUPLIER

Qu'est-ce que tu veux dire ?

SEVRAIS

Est-ce que tu as du remords du passé ?

SOUPLIER

Non. Pas avec un type que j'aime. Et toi?

SEVRAIS

Moi, si, un peu. Il faut bien...

SOUPLIER

Allez, on le fait aussi pour le passé.]

> *Sevrais tire son canif, remonte un peu une
> des manches du chandail de Souplier, et le
> pique, à la face supérieure du poignet. Puis il
> se pique lui-même, au gras de la main, et
> applique sa blessure sur celle de Souplier.
> Souplier se bande le poignet avec son mouchoir.*

SEVRAIS

Ça t'a fait mal?

SOUPLIER

Non, pas du tout!

SEVRAIS, *le regardant.*

Si, ça t'a fait mal.

SOUPLIER

Un peu. C'est ce qu'il faut.

SEVRAIS

Tu te souviendras : ceci est le huitième sacrement. Mais on ne doit jamais en parler à personne.
(Sur un autre ton, semi-burlesque, pour couper

court à leur émotion commune :) Et si je te faisais
une grande estafilade, comme ça, par plaisir, qu'est-
ce que tu dirais ?

SOUPLIER

Je te pardonnerais.

SEVRAIS,
brandissant son canif, et sur le même ton.

Chiche, je le fais !

SOUPLIER

Fais-le, pour que je puisse te pardonner.

SEVRAIS,
debout, à un mètre de lui, très posément.

Comme je tiens à toi ! Comme j'ai eu raison de
t'aimer !

UNE VOIX, *dehors, de l'autre côté*
de la fenêtre, tandis qu'on frappe à la vitre.

Qui est là ?

SEVRAIS,
à Souplier, avec le signe « Ce n'est pas grave. »

C'est le charpentier. (*Haut.*) — André Sevrais.
Je fais les comptes du chocolat. Je suis chocolatier.

Immobiles, les deux garçons attendent que les
pas, à l'extérieur, se soient éloignés.

SOUPLIER

Je crois qu'il vaudrait mieux que je file. Je ne
me sens pas en sécurité ici.

SEVRAIS

Que veux-tu qui arrive ? Mettons qu'on nous trouve, on ne nous a pas défendu de nous voir à l'écart, puisque de Pradts nous a laissés seuls dans son bureau.

SOUPLIER

Ce n'était pas la même chose. Non, je t'assure, j'aime mieux filer.

SEVRAIS

Quand est-ce que je te revois, puisque tu es collé dimanche ?

SOUPLIER

Tu ne peux pas revenir m'attendre à la fin de la colle à midi ?

SEVRAIS

Puisqu'il le faut, je m'arrangerai. Ah ! toujours si proche, et inaccessible ! Je ne te vois jamais que de loin, dans ta cour, ou au passage, dans un couloir ; je ne te vois jamais vivre, moi qui aime tant ta vie. Et on veut que j'aie de l'influence sur toi, en étant si exclu de toi ! Je ne peux plus continuer comme ça. Se voir une fois tous les quinze jours, alors, mieux vaut qu'on se lâche. Les choses n'existent plus, quand on ne se voit pas assez. Si ma semaine est perdue, et si mon dimanche est perdu...

SOUPLIER

Au revoir, mon vieux. Je ne reste pas ici.

SEVRAIS

A dimanche, alors, midi.

SOUPLIER

Allez, au revoir.

SEVRAIS

Au revoir. Et, surtout, sois gentil avec de Pradts.

*Souplier se glisse dehors. Après quelques
secondes, il rouvre la porte, se jette, affolé, à
l'intérieur de la resserre.*

SOUPLIER

De Pradts!... Je suis sûr qu'il vient ici. Le
charpentier a dû l'alerter. *(Il va fermer la porte à
clef, ce qui n'avait pas été fait à sa première entrée, puis
court se blottir dans un des coins de la resserre, non
sans jeter au passage : « Quel métier! » Sevrais tripote ostensiblement un carnet et les boîtes de chocolat, qu'il a tirées du tiroir de la table).*

SEVRAIS

Eh bien! il n'y a qu'à l'attendre. Il ne faut pas
se cacher. On aurait l'air de faire quelque chose
de mal. *(Souplier se pelotonne dans le recoin, éta-
lant sur soi les boucliers, pour se dissimuler.)* Souplier! Sors de là, tu es idiot!

Coups à la porte et voix derrière la porte :
« Ouvrez! »

SEVRAIS

Qui est là?

VOIX

L'abbé de Pradts.

> *Sevrais ouvre. Son mouvement de surprise
> en s'apercevant que la porte a été fermée à clef.*

SCÈNE V

L'ABBÉ, SEVRAIS, SOUPLIER, *caché.*

L'ABBÉ

Qu'est-ce que vous faites-là?

SEVRAIS

Je fais les comptes du chocolat. Je suis chocolatier.

L'ABBÉ

Vous faites les comptes du chocolat pendant une heure d'étude?

SEVRAIS

J'ai profité de ce que je revenais d'une répétition d'*Andromaque* pour entrer un instant ici.

L'ABBÉ

C'est étrange : pourquoi vous êtes-vous enfermé à clef?

SEVRAIS

Je... je me suis aperçu ce matin qu'il manquait trois cents francs dans la caisse du chocolat, et

je suis venu refaire le compte pour savoir si je
dois demander trois cents francs chez moi. J'ai
fermé à clef parce que je ne voulais pas être dérangé
dans mes comptes.

> *L'abbé allume l'électricité* [1], *jette un regard
> circulaire, soupçonneux, dans la cabane, puis
> se retire.*

---

1. *Ampoule de plafond, d'une intensité faible, qui n'éclaire
que le côté fenêtre de la pièce. Elle restera allumée jusqu'à la fin
de l'acte.*

SCÈNE VI

SEVRAIS, SOUPLIER

SEVRAIS

Pourquoi as-tu fermé à clef? Pourquoi t'es-tu caché? Tu m'as forcé à mentir... Maintenant, tout ça n'a pas l'air clair. *(Il le regarde.)* Pourquoi est-ce que tu as peur comme ça? N'aie pas peur! N'aie pas peur! C'est toi qui me fais peur, avec ta peur, ce n'est pas lui. Sais-tu ce que je vais faire? Je vais aller à son bureau, et tout lui dire.

SOUPLIER

Non! non! Nous ne nous reverrons plus maintenant. C'est fini!

SEVRAIS

Tu es fou!

SOUPLIER

Non! Plus jamais nous ne nous reverrons maintenant. C'est fini!

SEVRAIS

Souplier! Mais tu es fou!

On entend des pas, au dehors, venir vers la porte. Serge se rejette derrière les boucliers.

SCÈNE VII

L'ABBÉ, SEVRAIS, SOUPLIER

L'ABBÉ

Enfin, c'est inadmissible : qu'est-ce que vous fabriquez ici à cette heure? *(Il pénètre plus avant dans la resserre, aperçoit Souplier.)* Ah! C'est cela! *(Il prend Souplier par le bras et le fait passer derrière lui. A Sevrais :)* Ainsi donc, pendant qu'on vous conviait à une sorte de direction de ce gamin, voilà ce que vous faisiez! Petit voyou que vous êtes! Et vous vous prétendiez son ami!

SEVRAIS

Qu'est-ce que je faisais? Je n'ai rien fait qui soit contraire à ce que j'ai promis.

L'ABBÉ

Non! C'était pour attraper des mouches que vous vous enfermiez à clef avec lui! Voilà le résultat de la confiance qu'on a eue en vous! En étude, il avait sa tête des jours où il va faire une bêtise. Avachi sur son pupitre, les doigts dans ses mèches, le regard ailleurs, et respirant par tous les pores le

désordre de son âme et l'avidité de se défendre
de nous à tout prix. Je m'échinais à lui faire son
devoir d'allemand, pauvre niais que j'étais. Mais,
lui, il ne vivait que pour venir vous retrouver!

SEVRAIS

C'est hier, dans votre bureau même, que je lui
ai donné rendez-vous ici. Je voulais lui dire ce que
serait notre vie nouvelle. Vous souhaitez que j'aie
de l'influence sur lui : comment? où? quand?
puisqu'il est pensionnaire et que je suis externe.
On ne peut se voir que le dimanche matin, et
un dimanche sur deux il est collé. On me dit :
« Allez-y! » et puis on me barre; alors, ce n'est plus
possible. Je ne lui ai dit que des choses bonnes.
Un instant avant que vous reveniez, j'étais sur le
point d'aller vous avouer que c'était lui qui était
ici avec moi.

L'ABBÉ

Allons, ne vous défendez pas! Vous avez la
réputation d'être intelligent, et votre défense est
celle d'un imbécile. Et vos « choses bonnes » et
tout le reste!... S'il n'y avait pas un attrait de lui
à vous, cette amitié serait-elle même concevable?
Vous voulez le voir? Mais vous n'avez rien à vous
dire : croyez-vous que j'ai été dupe de tout cela? Re-
tournez à votre étude. Cette histoire n'est pas finie.

SEVRAIS

Quoi qu'il arrive, je prends toutes les responsabilités.

L'ABBÉ

Il ne manquerait plus que ça, que vous ne preniez pas les responsabilités! Et, je vous prie, pas
un mot à votre mère, avant que nous ayons décidé
quelle sera la version officielle de tout ceci.

Comme Sevrais va pour sortir, Souplier, au
passage, lui tend la main. Ils se serrent la main.
Sevrais se dirige de nouveau vers la porte.
Souplier fait un pas vers lui, et lui tend de
nouveau la main.

SOUPLIER

Donne-moi la main encore une fois.

SCÈNE VIII

L'ABBÉ, SOUPLIER

L'ABBÉ, *soudain souriant et gentil.*

Eh bien, mon petit Serge, je pense que ce incident aura au moins un bon résultat : il a fait place nette. Je pense qu'il y a au moins une personne qui ne me gênera plus, dans ce que je veux faire pour vous. *(Il remonte une des mèches qui barrent le front de l'enfant. Serge, avec humeur, la fait retomber.)* Car il faut absolument que je vous reprenne en main : cette vilaine histoire ne montre que trop comme vous demeurez faible. Vous m'avez dit que votre mère refuserait sans doute que vous veniez chez moi à la campagne pendant la seconde semaine des vacances de Pâques. C'est à vous cependant à l'y décider. Il y a là une sorte de cure morale dont nous savons mieux encore, maintenant, à quel point elle vous est nécessaire. Je pense que vous vous rendez bien compte qu'une fois de plus c'est moi le maître de votre sort. *(Souplier retient ses larmes.)* Maître de votre sort, comme je suis maître de vos larmes. Sans doute, il l'a reconnu lui-même, Sevrais a toute la responsabilité : il est le grand, il vous a entraîné, il m'a menti. Mais enfin Sevrais est un élève brillant et auquel jusqu'à ce jour on n'a rien eu de précis à reprocher, tandis que, vous, vous êtes en sursis de renvoi depuis un an. Je vous ai déjà évité deux fois le renvoi ; je peux le faire une troisième, mais il faut que vous m'y aidiez un peu, par votre bonne volonté. Convainquez donc votre mère, je vous le demande.

SOUPLIER

Oui, monsieur l'abbé.

L'ABBÉ

Vous verrez que vous ne vous ennuierez pas à ma campagne. Ma vieille maman vous aimera tout de suite beaucoup, j'en suis sûr. Il y a la rivière, vous irez canoter ; vous serez là avec six ou sept de vos camarades. Alors, n'est-ce pas, convainquez vos parents, c'est promis ?

SOUPLIER

Oui, monsieur l'abbé.

Même décor qu'au premier acte. Le lendemain.

ACTE III

SCÈNE PREMIÈRE

SEVRAIS, HENRIET

Sevrais est assis auprès du bureau, feuilletant avec distraction une revue, ensuite une autre.

La porte est entrouverte. Quelqu'un la pousse légèrement du dehors, puis passe la tête. C'est Henriet. Il entre et reste sur le seuil, dont il s'éloignera peu durant la scène.

HENRIET

Ah! c'est toi!

SEVRAIS

Oui. J'attends de Pradts.

HENRIET

Ça a bardé, hier soir?

SEVRAIS

Un peu. *(Temps.)* J'ai revu tout seul, chez moi, toute ma scène du III d'*Andromaque*, et je crois que je suis maintenant dans le mouvement. Je suis sûr que je serai bien meilleur à la répét' de demain.

> *Henriet le regarde d'étrange façon.*
> *On entend des voix d'enfants qui, dans une pièce voisine, commencent un chant en faux-bourdon, puis rapidement font silence.*

HENRIET

Tiens, on entend la schola, d'ici? Que se passe-t-il?

SEVRAIS

La schola répète dans le petit parloir à cause des travaux pour la séance.

HENRIET, *après un silence.*

Bon alors, je m'en vais.

SEVRAIS

Tu avais à parler à de Pradts?

HENRIET

Oh! un mot seulement, pour les commissaires de la séance.

SEVRAIS

Tu peux l'attendre ici. Si tu n'en as pas pour longtemps, tu lui parleras avant moi.

HENRIET

Non, je m'en vais : j'ai à faire.

SEVRAIS

Vous êtes tous aimables, aujourd'hui! De
Linsbourg ne me tend pas la main ; toi, de toute
la classe et la récrée, tu ne me dis pas un mot ;
et les autres m' « ignorent ». Aux rentrées en
classe, on s'est écarté de moi comme si j'avais
la lèpre : deux mètres de vide entre les types et
moi. Ça me rappelait Tacite ; tu sais, Séjan,
quand il est disgracié par Tibère : « *Sejanus
statim solus, et in subita vastitate trepidus* », « Séjan
aussitôt se trouva seul, et frémissant, dans ce
désert soudain qui s'était fait autour de lui. »
Tout ça parce que j'ai eu une petite histoire.

HENRIET

Une historiette!

SEVRAIS

Comme s'ils n'en avaient pas, eux, des histoires! Mais, moi, c'est la première que j'ai ici
depuis un an ; c'est pour ça qu'on la remarque.
Et, ce qu'il y a de marrant, c'est que ce sont ceux
qui se conduisent le plus mal qui me font le plus
la tête. Mon vieux, ce sont de beaux salauds,
les copains.

HENRIET

C'est seulement à cause de l'estampille officielle. Quand on a l'estampille officielle, il ne faut
pas se faire pincer. C'est ça qui a choqué les types.

SEVRAIS

Tu rabaisses tout avec la vulgarité de tes
expressions. Nous ne nous sommes pas « fait
pincer ».

HENRIET

Eh bien! Qu'est-ce qu'il te faut! — De Pradts,
tout chaud de l'historiette, en a parlé hier soir
à la causerie devant sa division. Il paraît qu'il
t'a chargé horriblement, a mis toute la faute sur
toi.

SEVRAIS

Je vais avoir au moins une journée entière de
colle. *(On frappe.)* Entrez.

> *Henriet se retire. Sevrais, apercevant M. Ha-
> bert, se lève.*

SCÈNE II

SEVRAIS, M. HABERT

M. HABERT

Justement, je vous cherchais, Sevrais.

SEVRAIS

J'attends M. l'abbé de Pradts.

M. HABERT

J'avais à vous parler. Vous comptez rentrer en étude, quand vous aurez fini avec M. de Pradts?

SEVRAIS

Oui, bien entendu.

M. HABERT, *très gêné.*

Je crois qu'il serait préférable que vous ne retourniez pas en étude.

SEVRAIS

Mais... pourquoi?

M. HABERT

Vous ne comprenez pas? Vous savez bien pourtant quelle est votre situation. *(Geste négatif de Sevrais.)* Personne ne vous a averti?

SEVRAIS

Je ne comprends pas ce que vous voulez dire.

M. HABERT

Écoutez, Sevrais, vous... vous ne faites plus partie du collège.

SEVRAIS

Comment?

M. HABERT

Je pensais que vous le saviez. M. le Supérieur a écrit à votre mère, et va lui rendre visite. Mais il a jugé préférable que vous ne retourniez pas en étude à partir de maintenant. Je suis donc chargé de vous remettre les affaires qui sont dans votre pupitre : vous pourrez ensuite rentrer chez vous. Puisque vous allez être sans doute pour un moment avec M. de Pradts, je vous les apporterai ici.

SEVRAIS

Et mon examen trimestriel, que je devais finir demain?

M. HABERT

Il va de soi que votre examen est interrompu et annulé.

SCÈNE III

SEVRAIS

Alors, je suis chassé! Chassé comme un domestique qui a volé une montre, on ne me donne même pas mes huit jours, on ne peut supporter ma présence une heure de plus, elle salit le collège. Et on n'a même pas le courage de me le dire en face, on me le fait dire par un surveillant... Vous êtes tous des lâches! Et chassé pour quoi? Qu'est-ce que j'ai fait? J'ai été maintes fois pris en faute pour ceci ou pour cela, mais on ne m'a jamais puni. Une heure de retenue en un an, et on l'a rapportée! Pourquoi cette fois-ci? Et on me renvoie juste avant Pâques, je ne serai pas avec mes camarades et avec le collège pendant la plus grande fête de l'année, le collège continuera de vivre sans moi! Et mon examen, pour lequel je m'étais donné tant de mal! Et je ne jouerai pas Pyrrhus!

Il écrase des larmes à ses yeux.

L'ABBÉ

Calmez-vous. Ne prenez pas au tragique...

SEVRAIS

Et mon bac? Vous me chassez à trois mois de mon bac. Une nouvelle boîte, des nouveaux professeurs, des nouveaux livres, au dernier moment! Vous me faites rater mon bac.

L'ABBÉ

Vous êtes un brillant élève. Vous ne raterez pas votre bac.

[SEVRAIS

Un brillant élève! C'est facile à dire.

L'ABBÉ

Je vous répète que...]

SEVRAIS

Il y a un tas de garçons qui ont été vus à la resserre : on ne leur a rien dit. Pourquoi est-ce moi qui paie pour les autres? Si c'était moi qui dirigeais ce collège, je vous jure bien qu'il n'y aurait pas d'amitiés particulières. Mais vous, vous fermez les yeux, et puis, quand il vous plaît, vous les rouvrez.

L'ABBÉ

Aussi inquiétant que quiconque, nous savons cependant que vous aimez la vertu ; et je suis convaincu que vous êtes sincère quand vous méprisez ce qu'il peut y avoir d'indiscipline dans ce collège, indiscipline dont vous étiez une des causes principales, et dont vous avez abusé à l'infini.

SEVRAIS

J'étais d'un côté de la barrière, vous de l'autre. A chacun de se défendre.

L'ABBÉ

C'est juste.

SEVRAIS

Et vos paroles, alors : « Je crois au pouvoir de l'affection vraie. Le bon Dieu nous a fait une grâce en nous permettant d'aimer quelqu'un. Aimer est le plus puissant levier dont on dispose en ce monde. » Qu'est-ce que c'était ça ? Il fallait y croire, ou non ?

L'ABBÉ

Ces paroles n'étaient pas de moi, mais de M. le Supérieur qui nous les avait dites en chaire, l'an dernier, pour l'octave de Noël. Elles étaient frappantes ; je les ai retenues et souvent reprises. Vous deviez y croire, mais avec discernement.

SEVRAIS

Abandonné! Rejeté!

L'ABBÉ

Ne prenez pas au tragique une petite aventure qui, malgré tout, ne dépasse pas la taille des aventures de collège. Vous sourirez de tout cela quand vous aurez vingt ans.

SEVRAIS

Non, je n'en sourirai jamais.

L'ABBÉ

Quant à vos insultes, je n'ai rien entendu. Allons, faisons le point. Avant tout, il y a quelque chose qu'il faut que vous sachiez, et qui va peut-être vous étonner un peu, venant après ce que je viens de vous dire : c'est que vous partez d'ici avec l'estime de tous.

SEVRAIS

Si j'ai l'estime de tous, pourquoi me renvoie-t-on ?

L'ABBÉ

Il y a eu un fait : ne revenons pas sur ce qui a été dit à la resserre. Cette estime sera d'autant plus grande que vous partirez sans récriminations et sans amertume.

SEVRAIS

Et Souplier, au moins, on ne le renvoie pas ?

L'ABBÉ

Pour quel motif le renverrait-on? J'ai longuement parlé de votre affaire avec M. le Supérieur
hier au soir. C'est à peine s'il a été question de
Souplier. Vous, vous avez été l'entraîneur, et,
comme vous l'avez bien vu vous-même, le res-
ponsable. Il y a eu abus de confiance, et j'ajoute .
abus de confiance sur toute la ligne, en songeant
à l'usage que vous avez fait de cette clef qui
vous était confiée. Lui, ce n'est qu'une bêtise de
plus dans le chapelet interminable de ses bêtises.
Et — je vais être franc — c'est peut-être maintenant que vous ne serez plus là que nous allons
pouvoir quelque chose pour lui. Car la preuve
est faite, et elle a été faite bien vite, mon cher
ami, que, malgré votre bonne volonté, vous n'avez
pas ce qu'il faut pour rendre service à cet enfant.
Vous avez entrevu comme une œuvre de direction,
intellectuelle et morale, à exercer sur lui. Mais il
est trop jeune, trop faible, trop en surface, et
vous trop exclusif, et logique, et personnel, — et
faible aussi, il faut le dire, et pas si sûr que cela,
car enfin... — pour qu'il en résulte du bien. Et
puis, comment ce qui n'est pas encore formé
pourrait-il former quoi que ce soit? *Nox nocti
indicat scientiam* : c'est la nuit qui enseigne à la
nuit. La faute n'en est pas à vous ; elle en est à
vos âges, à vos tempéraments, à vos qualités
autant qu'à vos défauts. J'en pense presque autant de cette autre intention qui vous a traversé :
celle de prendre la tête d'une sorte de réforme

morale chez les éléments les plus brillants mais
les plus remuants de votre division. Là, vous
avez été trop vite, et, sans méconnaître votre
zèle, je crains — nous craignons, car M. le Supérieur en est bien d'accord avec moi — qu'un peu
d'orgueil aussi ne vous ait conduit. Après tout,
c'est nous qui avons ici à mener la barque. Pour
en revenir à votre camarade, j'ai cru un moment
que l'amitié que vous lui portiez pourrait lui être
utile, j'ai souhaité de la voir durer plus que vous
ne sembliez y compter vous-même, et c'est pourquoi j'acceptais d'en tolérer — oui, d'en tolérer
seulement — les manifestations dans ce collège.
L'ai-je cru tout de bon? Ma foi, je n'en sais plus
rien... Il y a beaucoup de choses ici auxquelles je
dois donner l'impression que je crois : les séances
théâtrales, le football, l'Académie... Mais enfin, si
j'y ai cru, l'épreuve a montré comme je me trom-
pais. Et dirai-je, devant les piètres résultats
obtenus autant par mon action que par la vôtre,
que j'ai, moi, ce qu'il faut? Seulement, moi, je dois
essayer encore. C'est mon rôle.

SEVRAIS

Vous allez l'emmener à votre maison de campagne pendant les vacances de Pâques?

L'ABBÉ

Ah! il vous en a parlé! — Oui, un projet... Ce
dont il a besoin, c'est d'une véritable cure, comme
les drogués. Une influence qui s'exerce seule sera

toujours meilleure, quelles que soient ses faiblesses, qu'une influence doublée d'une autre
influence, même si ces deux-ci s'exercent dans un
sens unique. C'est pourquoi, je vous le répète,
il est bon que vous disparaissiez. Seulement...
Ce qu'il faut, c'est que vous disparaissiez totalement.

SEVRAIS

Comment cela?

L'ABBÉ

Il ne faut plus revoir du tout Souplier.

SEVRAIS

Quoi! quand déjà, si je restais deux jours sans
le voir... Mais non, ce n'est pas cela que vous
voulez dire!...

L'ABBÉ

C'est cela.

SEVRAIS

Ne plus le revoir... Pas même en dehors du
collège?

L'ABBÉ

Non.

SEVRAIS

Ah! non, ça, c'est trop injuste! En dehors du
collège, j'ai le droit de faire ce que je veux.

L'ABBÉ

Un mot de nous à ses parents et à votre mère aurait raison de ce droit.

SEVRAIS

Vous m'avez mis où j'en suis, et vous me menacez encore!

L'ABBÉ

Si vous restez dignes l'un de l'autre, ne vous interdisez pas l'avenir. Pour vous deux s'ouvrira une vie nouvelle...

SEVRAIS

On les connaît les vies nouvelles!

L'ABBÉ

Mais l'avenir auquel je pense ne doit pas être un avenir proche. Il ne faut plus revoir Souplier jusqu'à ce qu'il soit un homme, quelque chose de constitué, et non cette petite chose vague et molle qui résiste sans résister.

SEVRAIS

C'est un tel déchirement...

L'ABBÉ

Soyez beau joueur.

SEVRAIS

Beau joueur! Est-ce qu'il s'agit d'un jeu?

L'ABBÉ

Non, mais ce mot de « déchirement » appelle qu'on en rabatte. Souvenez-vous de la parole de Talleyrand : « Tout ce qui est excessif est sans portée. »

SEVRAIS

Oui, j'avais oublié, la litote...

L'ABBÉ

Vous avez de la générosité. C'est, de nos jours, ce qu'il y a de plus rare dans cette nation. — Donc, c'est promis ? Avouez-le, la générosité vous attire.

SEVRAIS

Hélas !

L'ABBÉ

Je vous parle un langage qu'on ne vous parle jamais en vain.

SEVRAIS

Je vois que vous avez commencé de me connaître.

L'ABBÉ

Votre famille d'âmes nous est bien connue.

SEVRAIS, *d'une toute petite voix.*

C'est promis.

L'ABBÉ

Vous êtes courageux. — Je ne pense pas qu'il cherche à provoquer une rencontre. Si cependant il s'y laissait aller, par bravade, vous éviteriez cette rencontre?

SEVRAIS

Le repousser? Ah! Dieu! non, ce n'est pas possible.

L'ABBÉ

Et pourtant, il le faut.

SEVRAIS

Alors... oui.

L'ABBÉ

Donnez-moi votre main. (*Sevrais laisse prendre sa main.*) Ne détournez pas la tête en me donnant votre main. Et ne baissez pas les yeux. Les jeunes ont une faculté de renoncement qui est émouvante...

SEVRAIS

Vous trouvez, avouez-le, que j'ai renoncé trop vite, et cela me diminue selon vous. Mais non, c'est le contraire : je l'aime assez pour renoncer à lui. Si je ne l'aimais pas tant, tout aurait été plus facile.

L'ABBÉ

Vous n'êtes pas le premier être que je fasse souffrir. Sur cette chaise où vous êtes, j'en ai vu, des élèves, et des mères, et des pères même, avec vos larmes et votre gorge serrée! Croyez qu'en vous traitant ainsi je n'obéis à rien qui puisse sentir la jalousie ou la rancune. Le souvenir de cette affection ne m'est nullement pénible. Je ne vous en ai jamais voulu, et, si je vous en avais voulu, maintenant j'aurais cessé de vous en vouloir. Maintenant je ne connais plus que cette région riche et triste, où nous nous comprenons tous deux à demi-mot. Et c'est vrai que le présent peut nous forcer à voir certains aspects malheureux de cette affaire, mais l'avenir glorifiera l'esprit dont elle fut animée. Je vous demande de croire qu'en tout ceci je n'ai cherché que le bien de cet enfant. Votre sacrifice sera peut-être le plus solide service que vous lui ayez rendu. Je suis sûr qu'il vous en saura gré. — J'ai une dernière chose à vous dire. Hier, à la resserre, vous m'avez présenté une défense à laquelle sur le moment je n'ai pas cru. Excusez-moi, je suis prêtre, c'est-à-dire que je suis comme les médecins et comme les avocats : je ne crois jamais qu'on me dit toute la vérité. A présent, votre défense, j'y crois, et je vous le dis.

SÉVRAIS

Avant-hier, dans cette pièce, quand vous nous avez laissés ensemble et que je lui ai parlé de notre

nouvelle ligne de conduite, il m'a dit : « Puisque
tu crois que c'est ça le mieux... » A mon tour,
c'est tout ce que je peux vous dire : si vous croyez
que c'est ce qui est le mieux...

L'ABBÉ

C'est ce qui est le moins mal.

SEVRAIS

Je souhaite qu'on puisse dire qu'il est devenu
meilleur depuis que je l'ai quitté. — Vous lui
avez annoncé que vous nous demandiez une
rupture totale ?

L'ABBÉ

Oui. Il l'a acceptée avec le minimum de contra-
riété nécessaire. Il n'a pas votre ardeur. Mais il
a senti la peine que cela vous ferait. Je la lui ai
expliquée.

SEVRAIS

Vraiment ? La lui expliquer : a-t-il fallu cela ?
Pourtant, hier, quand je suis sorti de la resserre,
comme il m'a tristement tendu la main ! Comme
son petit visage était défait dans l'ombre ! Est-
ce que je ne peux pas le revoir une dernière fois,
pour lui dire adieu ? Ici, par exemple...

L'ABBÉ

J'ai peur que ce ne soit un peu mélodramatique
pour une chose...

SEVRAIS

... si simple, n'est-ce pas?

L'ABBÉ

Oui, si simple.

SEVRAIS, *soudain très brusque.*

Inutile que je réponde. Je dirais ce qu'il ne faut
pas dire. — Mais partir d'ici vaincu à ce point!

L'ABBÉ

Vous serez vaincu d'autres fois dans votre vie.

SEVRAIS

Ah! Vous voyez cela!

L'ABBÉ

Oui.

> *Sevrais se lève et va vers la porte. A ce mo-
> ment, on frappe. Entre M. Habert, des livres,
> des dictionnaires plein les bras.*

SCÈNE IV

M. HABERT

Voici vos livres, Sevrais. Je vous ai apporté
aussi votre manteau. *(Sevrais prend les livres, en
laisse tomber. M. Habert les ramasse et les lui rend.
De nouveau Sevrais laisse tomber un dictionnaire)*
Voulez-vous que je vous en porte une partie
jusqu'au hall d'entrée?

SEVRAIS, *vivement.*

Oh! non, je vous remercie.

> *On frappe, et on entrouvre la porte. L'abbé
> de Pradts, qui voit le visiteur (invisible au
> public), dit :*

L'ABBÉ

Monsieur Prial, je vais vous voir un instant.

> *Et s'avance vers lui. Il parlera quelques
> instants à M. Prial sur le pas de la porte.*

SCÈNE V

SEVRAIS, M. HABERT

Toute la scène mezzo voce.

M. HABERT

Est-ce que vous voyez maintenant qu'on vous a tendu un piège?

SEVRAIS

Comment cela?

M. HABERT

On a fait ce qu'il fallait pour que vous vous enferriez. Cela a un nom : vous ne savez pas ce que c'est qu'un agent provocateur?

SEVRAIS

Je ne comprends pas ce que vous voulez dire.

M. HABERT

M. de Pradts a voulu vous écarter.

SEVRAIS

C'était assez naturel : je gênais son influence sur un élève dont il s'occupe particulièrement. D'autre part, en donnant un rendez-vous à la resserre, j'ai commis une faute contre la discipline, pour laquelle il est normal que je sois renvoyé.

M. HABERT, *s'inclinant avec raillerie.*

La raison d'État!

> *Rentrée de l'abbé. Dans le même mouvement, Sevrais sort, sans un mot de plus, le manteau sur le bras, occupé surtout à maintenir ses livres en équilibre, sans se servir de la ficelle que M. Habert lui a apportée pour les ficeler.*

SCÈNE VI

M. HABERT

Eh bien! ils ont vite abusé, monsieur l'abbé.

L'ABBÉ

C'était à craindre : les enfants abusent toujours. Je dois dire que je viens de trouver Sevrais très compréhensif. Je redoutais un éclat. Comme il est agréable de se trouver devant quelqu'un d'intelligent! Alors les choses s'arrangent toujours. Et surtout d'intelligent à seize ans. Vous pourrez dire à ses camarades — parce que cela va faire jaser beaucoup — qu'il est parti réconcilié.

M. HABERT

Oui, fidèle comme il n'est pas permis de l'être. Seulement, réconcilié ou non, il est parti.

L'ABBÉ

Ah! cela, que voulez-vous! Nous avons un fait.

M. HABERT, *à mi-voix.*

Dieu soit loué !

L'ABBÉ

Du moins est-il parti bien marqué du sceau de notre Maison.

M. HABERT

Vous avez décapité le collège.

L'ABBÉ

Ce sont les plus généreux et les plus doués de chaque classe qui donnent dans les amitiés trop sensibles. Il en est ainsi dans toutes nos Maisons ; je n'y puis rien.

M. HABERT

Dommage quand même que ce soit lui, alors qu'il y en a d'autres... un Linsbourg, par exemple...

L'ABBÉ

Vous savez bien que le père Linsbourg est membre de notre conseil d'administration.

On frappe.
Entre le supérieur.

M. HABERT

Monsieur le Supérieur...

SCÈNE VII

L'ABBÉ, LE SUPÉRIEUR

LE SUPÉRIEUR

Je viens de croiser ce malheureux garçon, et dans un moment assez curieux. Il était tellement embarrassé de ses livres qu'il les avait posés, le temps de se reprendre, sur un des bancs du hall. Soudain, le petit Thévenot — vous le connaissez ? c'est un cinquième — est passé, et, au passage, lui a saisi et serré la main, avec un « Bonjour, Sevrais », sans s'arrêter, et a disparu. Sevrais ne connaissait sûrement pas Thévenot ; cela se voyait à son visage ; il a eu l'air surpris. Ainsi il a quitté à jamais cette Maison, bousculé par nous, sans un adieu ni à son ami, ni à ses camarades, ni à ses maîtres. Mais il y a ce petit inconnu qui lui a serré la main furtivement, sans raison apparente, sinon peut-être pour que cette sombre rupture ait été éclairée, malgré tout, d'une lueur de gentillesse humaine. Le bon Dieu inspire souvent les plus jeunes, cela est bien connu, et c'est à se demander si cet innocent n'a pas été l'instrument d'une charité ou d'une équité supérieure... Où la rencon-

treront-ils, plus tard, l'équité ? S'ils avaient pu
la rencontrer une fois : au collège, dans les âmes
de leurs prêtres ! Mais voilà... — Allons, toute cette
affaire est bien douloureuse. Pauvres enfants, nous
aussi nous les ballottons, nous les tiraillons de-ci
de-là... Nous aussi nous les troublons, pauvres
enfants, au fond si désarmés devant nous.

L'ABBÉ

Si désarmés !...

LE SUPÉRIEUR

Oui, je répète : si désarmés. Vous dites souvent
qu'ils abusent. Mais nous, est-ce que nous ne vivons
pas avec eux dans un continuel abus de pouvoir ?

L'ABBÉ

Pas du tout... Et quant au trouble que nous
leur causerions, eh bien ! ils s'entendent à nous le
rendre. C'est l'abbé de Saint-Cyran qui disait que
la direction des adolescents est « une tempête de
l'esprit ».

LE SUPÉRIEUR

Il y a quelquefois chez ces adolescents des puis-
sances de mépris effrayantes dans leur simplicité
et leur justice.

L'ABBÉ

Je ne vois pas ce que le mépris...

> *Le supérieur fait un geste comme pour
> s'asseoir sur la chaise voisine du bureau de*

l'abbé. L'abbé lui désigne son fauteuil de
bureau. Le supérieur s'y assoit, et l'abbé s'as-
soit sur la chaise où se sont trouvés successive-
vement, devant lui, Souplier et Sevrais.

LE SUPÉRIEUR

Sevrais venait de chez vous, je pense ? Comment
a-t-il soutenu ce coup ?

L'ABBÉ,
tripotant des objets sur son bureau comme a fait
Souplier, Acte I, scène I.

Avec une détresse froide qui m'a plu assez. Je le
voyais aspiré par la générosité comme par un
abîme, — par cette passion qui nous vient si
souvent, d'agir contre nous-même...

LE SUPÉRIEUR

Des larmes ?

L'ABBÉ

Vite dominées.

LE SUPÉRIEUR

Trop vite ! Nous savons que vous aimez les pleurs
des gosses. Que vous aimez les pleurs des mères,
comme il y en a qui aiment les pleurs des maîtresses.
Nous savons que vous êtes passé maître dans l'art
d'envenimer les choses. « Levez-vous, orages désirés ! »

L'ABBÉ

Notre but est de donner des sentiments délicats à
des jeunes gens de l'enseignement secondaire. Cela
ne va pas sans d'assez nobles conflits, qui sont,
tout compte fait, ce qu'il y a de plus important
dans cette Maison. La terre a été remuée, bouleversée ; elle en sera féconde. Que Sevrais ait aimé
Souplier, qu'on le lui ait arraché, qu'il ait eu ce
choc avec moi, qu'il ait été mis à la porte, tout
cela est excellent pour sa formation. C'est en souf-
frant de nous, et nous faisant souffrir, qu'il a senti
qui nous sommes. Et c'est cela qui comptera dans
ce que lui aura apporté ce collège, et non les quelques notions inutiles qu'ont pu lui fourrer dans la
tête ses professeurs, notions dont les trois quarts
seront d'ailleurs oubliées quinze jours après son
bac.

LE SUPÉRIEUR

Cela aurait compté aussi, pour lui, si on avait fait
de lui un chrétien.

L'ABBÉ

Même ce qui, chez nous, peut sembler être sur
un plan assez bas est encore mille fois au-dessus de
ce qui se passe au dehors. Ce qui se passe chez nous
bientôt n'existera plus nulle part, et déjà n'existe
plus que dans quelques lieux privilégiés. Allez,
c'est nous qui avons la clef du royaume, où les
autres n'entreront jamais.

LE SUPÉRIEUR

Enfin, maintenant que Sevrais a cessé de vous
porter ombrage, vous lui reconnaissez des mérites.
J'ai vu Souplier hier soir après notre entretien. Il
m'a dit que c'était lui et non Sevrais qui, à la
resserre, avait fermé la porte à clef, que Sevrais
l'en dissuadait, et le traitait d'idiot, puisqu'ils
ne faisaient rien de mal. Pourtant, quand vous
avez accusé Sevrais de s'être enfermé, il ne l'a
pas nié ?

L'ABBÉ

Non.

LE SUPÉRIEUR

C'est cela, il a voulu sauver le petit... — Il est
lamentable que j'aie dû sacrifier ce garçon à cause
de votre conduite par deux fois indiscrète. Vous
avez donné à tout cela une allure dramatique
qu'on devait éviter.

L'ABBÉ

J'ai créé des circonstances. N'est-ce pas notre
règle ?

LE SUPÉRIEUR

Vous vous y êtes laissé gagner à la main par
vous-même. Au début, vous pouviez leur parler à
chacun dans le privé ; vous pouviez m'en parler à
moi. Mais vous avez cédé à la colère, et avez fait
un éclat public, parce qu'on vous prenait Souplier.
Vous avez oublié que nos élèves ont droit à leur

réputation. Avec l'histoire de la resserre, que l'on
pouvait étouffer, vous avez fait un second éclat,
après lequel il m'était impossible d'éviter le renvoi
de Sevrais. Du moins j'aurais souhaité que l'on
répandît que c'était sa mère qui le retirait du collège aux vacances de Pâques. Et c'est encore vous
qui avez insisté pour que le renvoi fût rendu public...

L'ABBÉ

Ce renvoi n'avait de sens que s'il était public,
et même un peu spectaculaire. Il fallait un exemple.

LE SUPÉRIEUR

Vous voulez dire, n'est-ce pas, qu'il y a des
duretés qui sont bonnes ?

L'ABBÉ

Pour que l'arbre jeune pousse très haut, il faut
tailler non seulement le bois pourri, mais le feuil-
lage et le bois vivant. Vous-même, en ordonnant
le départ immédiat de Sevrais, vous avez agi avec
une rigueur que je n'avais pas prévue.

LE SUPÉRIEUR

J'ai agi ainsi pour couper court aux plaintes et
aux commentaires de Sevrais à ses camarades.

L'ABBÉ

Croyez bien que je vous approuve, monsieur le
Supérieur.

> *Depuis cette réplique jusqu'à la fin, on*
> *entend la maîtrise qui, dans la pièce voisine,*

répète, *tantôt en faux-bourdon, tantôt en voix
seule d'enfant (soprano), le* Qui Lazarum
resuscitasti. *Il y a, bien entendu, des pauses.
Notamment revient, sans cesse repris, de façon
obsédante, en voix seule d'enfant, le leitmotiv
suivant :*

*Dès que les chants se sont élevés, l'abbé de
Pradts a dressé le buste, a écouté un instant,
puis a dit :*

L'ABBÉ

Souplier n'est pas à la maîtrise?

LE SUPÉRIEUR

Comment le savez-vous?

L'ABBÉ

Je ne distingue pas sa voix dans le chœur des
autres voix... — Qu'y a-t-il? Est-ce qu'il est malade? Est-ce qu'il est puni? Vous ne l'avez pas
fait exclure de la schola, je pense, à cause de
cette histoire d'hier? *(Avec saisissement, sur un
autre ton.)* Mais non, ce n'est pas possible...

LE SUPÉRIEUR

Si.

L'ABBÉ

Quoi?

LE SUPÉRIEUR

Souplier n'est plus des nôtres.

L'ABBÉ

Quoi? Mais hier soir, quand nous avons parlé...

LE SUPÉRIEUR

J'ai pris cette décision ce matin.

L'ABBÉ

Monsieur le Supérieur, vous ne ferez pas cela!

LE SUPÉRIEUR

La lettre pour ses parents a été portée à deux heures. L'expérience Souplier a assez duré.

L'ABBÉ

Mais elle n'a pas encore débuté! Écoutez-moi. J'ai cru que nous avions intérêt à nous servir de Sevrais, qui avait de l'influence sur lui. Il était tentant aussi de donner la tâche la plus délicate à celui-là précisément qui nous inquiétait. J'espérais qu'en lui confiant son cadet il se sentirait lié, comme vous avez pensé sans doute que nous l'enchaînerions en le faisant élire de l'Académie.

LE SUPÉRIEUR

Vous étiez aussi content de trouver quelqu'un à qui vous pouviez parler tout à votre aise de Souplier. Déjà, avec moi, à tout propos, hors de propos, son nom vous sortait de la bouche...

L'ABBÉ

Fallait-il mentir encore? Dissimuler encore? Eh bien oui! son nom fusait de mon cœur à ma bouche. Toute mon âme...

Il s'arrête.

LE SUPÉRIEUR

« Toute votre âme... »?

L'ABBÉ

Je ne sais plus la phrase que j'avais commencée.

LE SUPÉRIEUR

Vous la savez fort bien.

L'ABBÉ

En tout cas, je vous ferai remarquer, monsieur le Supérieur, que ce n'était jamais moi qui prononçais son nom le premier.

LE SUPÉRIEUR

Ainsi vous vous appliquiez à ne pas le prononcer le premier! Voilà qui en dit long! Il y a quelques jours, de ma fenêtre, je vous ai vu jouer à la balle

avec lui, à l'écart, pendant toute la récréation.
Les autres jouaient de leur côté. Est-ce normal?

L'ABBÉ

Je venais de le tancer longuement et cruellement.
C'est pour cela que j'ai joué avec lui à la balle.

LE SUPÉRIEUR

Ses camarades ne pouvaient savoir ce détail.
Samedi, en entrant avec lui à la schola, vous vous
êtes effacé pour le laisser passer. Cela a surpris.

L'ABBÉ

Les enfants ont droit à des égards particuliers.

LE SUPÉRIEUR

C'est vrai. Mais vous n'avez pas eu beaucoup
d'égards pour Sevrais.

L'ABBÉ

Sevrais n'est pas un enfant.

LE SUPÉRIEUR

La distinction est subtile.

L'ABBÉ

Sevrais! Sevrais! Maintenant nous voyons ce
qui est résulté de la collaboration de Sevrais. Au
rebours de ce que j'ai cru un moment, non seulement Sevrais ne pouvait rien, mais nous ne pou-
vions rien tant que Sevrais était là. Sans le vouloir,

il défaisait de son côté tout le peu que je faisais du mien. Et nous abandonnerions ce petit être à l'instant même où les conditions deviennent telles que nous avons quelque chance de le sauver!

LE SUPÉRIEUR

N'insistez pas, mon cher ami. Vous m'avez donné déjà vos raisons. Les deux fois où j'ai été sur le point de renvoyer Souplier. Et aussi lorsque, pour décider ses parents à le mettre interne, vous m'avez arraché un rabais sur le prix de sa pension : tant vous teniez à l'avoir sous votre coupe.

L'ABBÉ

Sous ma coupe? Sous la coupe du collège, il me semble. J'insiste parce que les conditions ont entièrement changé. Mes raisons sont nouvelles parce que la situation est nouvelle.

LE SUPÉRIEUR

Je vous demande derechef de ne pas insister.

L'ABBÉ

Si! si! J'insiste! Mettons que je demande seulement qu'on sursoie d'un mois à son renvoi. Un mois de Souplier sans Sevrais, on verra bien! Si on me refuse cela, monsieur le Supérieur, c'est contre moi qu'on le fera. Je demande qu'on me donne toute ma chance. « Frappez, et l'on vous ouvrira ». Je frappe, je frappe, et vous allez m'ouvrir. Oui, j'ai ramené dix fois à la surface ce gamin, quand il allait s'engloutir, et maintenant que la

rive est toute proche, il faudrait que je le lâche!
Que je le lâche alors que tout est possible encore!
« L'expérience Souplier a assez duré ». Mais que
connaissez-vous de lui? Combien de temps lui
avez-vous consacré? Lui avez-vous donné trois
fois dix minutes, depuis un an qu'il est avec nous?

LE SUPÉRIEUR

Je vous en prie! Nous avons ici cinq cents enfants.

L'ABBÉ

Moi, quand il serait en enfer, il y aurait encore
quelque chose de moi qui lui ferait confiance désespérément. Je crois à l'être humain, vous entendez?
je crois à l'être humain! Et le mot de l'Évangile
sur la flamme qui est presque morte et que cependant il est défendu d'éteindre, à qui l'appliquer
sinon à lui? Pour sauver un enfant, il suffit quelquefois d'un homme intelligent à son côté. C'est
une condition qui est rarement obtenue; aussi,
quand elle l'est, il ne faut pas laisser passer ça. Le
péché d'abandon des âmes... J'ai péché contre
tous bien des fois dans ma vie, mais je ne pécherai
pas contre celui-là. Monsieur le Supérieur, pourquoi le cacher? Je reconnais simplement, et, s'il
le faut, humblement, que le renvoi de cet enfant
serait la plus grande douleur de ma vie sacerdotale.

LE SUPÉRIEUR

Monsieur de Pradts, je vous souhaite d'avoir
d'autres douleurs que celle-là dans votre vie sacer-

dotale. Croyez-moi, vous en dites trop. Cette solli-
citude dévorante... A force de vous voir vous
accrocher, je comprends qu'il est nécessaire que je
vous demande un autre sacrifice. A la veille de la
Semaine Sainte, faut-il vous rappeler la fécondité
d'un amour qui s'immole ? Je vous demande de
renoncer tout à fait à votre apostolat auprès de ce
garçon, au cas où vous envisageriez de le poursuivre
après son départ du collège.

L'ABBÉ

En quoi ai-je mal agi ? Est-ce une punition ?

LE SUPÉRIEUR

C'est une précaution.

L'ABBÉ

Une précaution ! S'être si sévèrement et continuellement surveillé... N'avoir jamais provoqué
chez lui un élan d'abandon ; jamais eu un mot ou
un geste un peu trop affectueux ; pas une fois ne
lui avoir dit *tu*, même au fort de ses détresses et de
ses larmes... — Si, une seule fois...

LE SUPÉRIEUR

Vous l'avez tutoyé, une fois ?

L'ABBÉ

Je dormais. Je lui ai dit *tu* en rêve...

LE SUPÉRIEUR

Il y a en vous un feu, mais ce n'est pas celui dont parle saint Bernard, c'est un feu qui brûle et qui n'éclaire pas.

L'ABBÉ

O mon Dieu! ne l'ai-je donc jamais éclairé?

LE SUPÉRIEUR

Enfin! Voici ce nom de Dieu qui jamais ne venait à votre bouche.

L'ABBÉ

Mais non, vous n'allez pas me l'enlever quand il est encore en vie! Il n'y a que la mort qui ait le droit de vous enlever ce qu'on aime ainsi.

LE SUPÉRIEUR

Vous me jugez dur, inhumain, comme sans doute m'a jugé Sevrais. Cela est sans importance. Ce qui importe, c'est que chacun ici fasse son devoir. C'est que vous aussi vous fassiez le vôtre, et vous le ferez.

L'ABBÉ

Mon devoir s'arrête aux portes de cette maison. De quel droit m'interdire le bien que je peux faire en dehors d'elle? Quel est ce mal de moi dont il faut avec tant de force qu'on le garde?

LE SUPÉRIEUR

Vous n'avez fait attention à lui qu'en juin dernier, quand il a eu sa première histoire. Vous avez commencé à l'aimer quand il a commencé à pécher.

L'ABBÉ

J'ai commencé à l'aimer quand je l'ai vu en péril. Que voulez-vous dire d'autre?

LE SUPÉRIEUR

Si je ne puis avoir de votre bouche l'assurance que vous ne le reverrez pas, demain, quand ses parents viendront, je leur dirai qu'en quittant le collège il doit rompre non seulement avec tous ses camarades, mais avec tous ses maîtres, et je vous nommerai. S'il le faut, je le ferai envoyer dans un collège de province. Je serai là-dessus inflexible. Évitez-moi cela. — Mais croyez en même temps, mon cher ami, que je ressens cruellement cette peine que je vous fais, et que je demande à Dieu de la bénir.

L'ABBÉ

Vous avez brisé, pour un malentendu, ce qu'il y avait de meilleur en moi : comment n'en aurais-je pas de la peine? Que m'importe maintenant ce qui me reste : la pédagogie, le trantran, ce que je pouvais mettre de zèle dans la voie que j'ai choisie? Il n'y a qu'une chose qui compte en ce monde : l'affection qu'on a pour un être ; pas celle qu'il vous porte, celle qu'on a. Et qui nous l'a dit?

Vous, en chaire, l'an dernier : « L'affection est le plus puissant levier qui existe sur la terre. Dieu nous fait une grâce quand il nous accorde d'aimer quelqu'un. »

LE SUPÉRIEUR, *avec un haut-le-corps.*

Il n'y a rien là qui ne soit de l'essence de notre religion. Si vous l'avez compris à votre manière...

L'ABBÉ

Avoir une affection, c'est cela qui donne le plus l'idée de ce que doit être le Ciel.

LE SUPÉRIEUR

Je n'ai pas dit cela. Ne m'en faites pas dire plus que je n'en ai dit.

L'ABBÉ

L'affection, j'en avais une pour cet enfant. Vous l'avez ruinée et en quelque sorte déshonorée, elle qui était si propre. Je devrais pouvoir vous le pardonner, parce que je sais que vous avez cru bien faire... Mais non, je ne peux pas.

LE SUPÉRIEUR

Vous me le pardonnerez un jour, tout juste comme je dois vous pardonner ce que vous venez de dire contre moi.

L'ABBÉ, *avec un rapide regard à sa soutane.*

Et qui donc aimerais-je? Qui donc puis-je aimer? Et lui, qui l'aimera? Que va-t-il devenir

désormais? Vous le saviez bien, pourtant, que
c'était un pauvre gosse. Que, ses parents, ce n'est
rien, ou c'est pis que rien. Il est perdu, et je le
perds.

LE SUPÉRIEUR

Votre opinion sur ses parents, vous ne la lui
avez pas dite, je pense?

L'ABBÉ

N... non.

LE SUPÉRIEUR

Il ne faut jamais pousser un enfant contre ses
parents. La partie nous est trop belle.

L'ABBÉ

Oui, mais les siens!... Au moral, n'en parlons pas.
Au matériel... Pendant un an, j'ai été son père et
sa mère. Lorsqu'il est arrivé ici avec un trousseau
où il y avait des chaussettes trouées et des chemises
décousues, qui s'est occupé de les faire repriser?
Qui lui donnait parfois quelques sous pour s'acheter
du savon ou une lime à ongles, quand ses parents
n'y avaient pas pensé? Quand il perdait du poids,
quand il en reprenait, qui le voyait, que moi?
Auprès de lui il y avait moi, — et Sevrais. On lui
retire l'un et l'autre. Sevrais est le seul qui l'ait
compris dans cette Maison où depuis un an je
n'entends dire de lui que du mal. Ne jamais donner
à un enfant l'impression qu'il est classé définitive-

ment comme un mauvais élève, un paria... Ahuri
de punitions par tous les professeurs, poussé par
eux au désespoir — et moi aussi, quelquefois, j'ai
dû le punir à l'excès, pour bien montrer à tous que
je ne le favorisais pas, — j'ai jugé qu'il était chrétien, et politique aussi, du point de vue de notre Maison, de lui offrir un refuge. On en fait plus pour eux
avec un mot qu'avec une heure de colle. C'est parce
qu'il était le plus accablé d'entre nos enfants que
je l'ai accueilli — oui, je n'ai pas honte de le dire —
comme je n'en ai accueilli aucun autre. J'ai
l'Évangile avec moi, il me semble. Et d'ailleurs, du
point de vue de la Maison, selon qu'il s'améliorait
ou retombait, toute la division avait l'air de s'amé-
liorer ou de retomber avec lui...

LE SUPÉRIEUR

Ce dont Souplier a besoin, c'est de surnaturel
authentique. Il faut bien reconnaître que vous
n'étiez pas en mesure de lui en apporter.

L'ABBÉ

Si ma religion prête à redire — et c'est la seconde
fois que vous me le faites comprendre, — comment
suis-je préfet ici? Comment ne m'a-t-on pas averti
davantage?

LE SUPÉRIEUR

Une heure viendra où je ne vous cacherai plus
les soucis que vous me causez. — Du moins, lui
parliez-vous un peu de Dieu? Je me le demande.
Être prêtre, et éluder Dieu!

L'ABBÉ

Mettons que j'aurais pu lui en parler plus souvent. Si je ne l'ai pas fait, c'est parce qu'il n'est pas destiné à avoir plus tard la foi.

LE SUPÉRIEUR

Vous avez réglé cela! Et Sevrais...?

L'ABBÉ

Non, Sevrais non plus. Mais nous avons mêlé la religion à leurs passions. Ils se souviendront toujours de leurs passions, et la religion restera avec elles ; du moins une odeur de religion.

LE SUPÉRIEUR

Une odeur! Et vous en prenez votre parti! Mon Dieu! est-il possible que je dirige une Maison où la foi soit une odeur, et non la pierre sur laquelle est fondé tout ce qu'on fait?

L'ABBÉ

L'incroyance y est partout. Vous êtes dupe de la façade. Des offices qui préparent les détachements de demain. Des cours d'instruction religieuse dont on ne retient que les objections...

LE SUPÉRIEUR

Taisez-vous! Ce serait... *(La voix du soliste s'élève.)* Mais non. Est-ce qu'on chante comme cela, quand on ne croit pas? Leurs voix les révèlent.

L'ABBÉ

C'est Lartigue qui chante. Et celui-là, justement, parlons-en! Voulez-vous que je vous ap-
prenne tout ce que je sais sur lui? Ah! ah! les
beautés de transparence et les voix séraphiques!
Plus ils chantent de façon bouleversante, plus
leur esprit est corrompu et leur vie privée impossible.

LE SUPÉRIEUR

Ce n'est pas vrai! Vous inventez, vous dites
n'importe quoi, vous ne pensez pas ce que vous
dites.

L'ABBÉ

L'incroyance non seulement chez les élèves,
mais chez les professeurs. Ou un semblant de
croyance.

LE SUPÉRIEUR

Chez les professeurs! Je ne sais ce qui vous
pousse... Ou plutôt je le sais : à mon tour de souffrir, n'est-ce pas, c'est bien cela? Je me suis donc
trompé, et j'ai été trompé. Et c'est à moi de faire
maintenant — quelle ironie! — cette réforme
qu'avait rêvée Sevrais, que nous lui avons repro-
chée, et qui en somme a été la cause de son renvoi,
puisqu'il n'était à la resserre que pour endoctriner
le petit, si j'en crois sa version, et j'y crois. —
Finissons-en, monsieur de Pradts, qui avez trop
de part dans tout cela. Une dernière fois, acceptez-
vous le sacrifice que je juge nécessaire pour vous?

L'ABBÉ

Toujours le sacrifice! Toujours croire qu'il n'y a générosité que là où il y a sacrifice! Nous avons été élevés là-dedans, nous y élevons les autres...

LE SUPÉRIEUR

Cette fois, je vous interdis de continuer. Quand ce que nous possédons de plus important au monde, notre messe, est un sacrifice! Notre ministère nous oblige à demander bien des sacrifices. Vous devriez tenir pour une grâce d'être forcé d'en faire un. Et d'ailleurs, si vous ne concevez pas le sacerdoce comme un perpétuel sacrifice, et notre religion comme un héroïsme quotidien, vous avez fait erreur en venant parmi nous. Allons, je vous ai posé une question : répondez-y.

L'ABBÉ

J'accepte ce sacrifice. Mais qu'est-ce que cela prouve, qu'on accepte?

LE SUPÉRIEUR

Peu de chose, en effet, si l'on n'accepte pas de tout son cœur.

L'ABBÉ

J'accepte, que vous faut-il de plus? Je ne reverrai jamais Serge Souplier, que vous faut-il de plus? Que me demandez-vous encore? Oui, je devine, vous allez me demander de ne pas le revoir, même une dernière fois. Ce serait « trop mélodramatique », n'est-ce pas?

LE SUPÉRIEUR, *consultant sa montre.*

Comme Sevrais, et pour les mêmes raisons, Souplier vient de quitter le collège.

L'ABBÉ

Pendant que vous me reteniez ici! Et comment a-t-il pris cela? Que vous a-t-il dit? A-t-il
pleuré?

LE SUPÉRIEUR

Il m'a dit: « Je pense qu'ici non plus on ne me
regrettera pas. J'ai laissé un très mauvais souvenir
partout où je suis passé. » Je lui ai répondu : « Vous
nous laissez un souvenir brûlant. Un mauvais
souvenir et un souvenir brûlant, ce n'est pas la
même chose. » Vous, le souvenir qui vous reste est
celui d'un épisode de votre vie que vous pouvez
considérer sans gêne. Par son immolation, vous
l'avez entièrement purifié.

L'ABBÉ

Il n'avait pas à être purifié. Et puis non, non,
pas de souvenir! Ces photos de lui... *(Il prend dans
un tiroir des photos, les déchire, les jette à la corbeille.)*
Autant de perdu pour le souvenir. Autant de perdu
pour la souffrance. Je veux que ce garçon n'existe
plus pour moi. Oui, je vous en prie, je vous en
conjure, faites-le envoyer dans un collège de province. Que je ne risque jamais de le rencontrer au
coin d'une rue.

LE SUPÉRIEUR

Je vois donc à fond ce qu'est un attachement où Dieu n'est pas. C'est affreux.

L'ABBÉ

Non, ce qui est affreux, selon vous, c'est qu'on refuse de souffrir...

LE SUPÉRIEUR

Mon rôle n'est ni de vous infliger ni de vous épargner la souffrance, mais de vous forcer à la supporter chrétiennement.

L'ABBÉ

Ah! je sais ce qui vous manque. Vous avez du respect pour la maladresse, pour la naïveté, pour un caractère trop personnel, que sais-je? Mais vous n'avez pas de respect pour la faiblesse humaine.

LE SUPÉRIEUR

Demain matin, dans la solitude de l'autel, je célébrerai la première messe à l'intention de votre faiblesse particulière. — Vous tressaillez? Qu'est-ce qui vous fait tressaillir?

L'ABBÉ

Il n'y a pas de solitude à l'autel. Il y a toujours un enfant avec nous à l'autel. Et même, quand il nous encense, nous nous inclinons devant lui. Et,

à l'Évangile, le livre de l'Évangile, le livre de la
Sagesse est appuyé sur son front.

LE SUPÉRIEUR

Où il y a un enfant il y a aussi la solitude, vous le
savez bien. Dimanche, au prône, je demanderai
à nos enfants de prier pour ceux de leurs camarades
dont nous avons dû nous séparer. Si je le pouvais,
je leur demanderais de prier aussi pour vous. Je
le demanderais surtout à Sevrais. (*Geste de l'abbé.*)
Oh! n'ayez crainte, je ne le ferai pas. Personne
ici, ni élèves, ni maîtres, ne doit soupçonner qu'il y
a eu entre nous un dissentiment dans cette affaire.
Et je devrais demander à nos enfants de prier aussi
pour moi : n'ai-je pas à me reprocher de ne vous
avoir jamais mis en garde contre cette richesse de
votre nature, qui vous a porté à une préférence si
véhémente ? N'aurais-je pas dû vous arrêter sur
ce verset de l'Ecclésiaste : « Malheur à la ville
dont le prince est un enfant ! »? Je pense qu'aux
vacances de cet été une retraite vous serait bonne :
nous en parlerons. — Souvent, ces semaines dernières, quand je veillais un peu tard, dans le grand
silence du Carême, je voyais votre fenêtre allumée
elle aussi ; elle était la dernière allumée, avec la
mienne, au-dessus du collège endormi. A quoi,
à qui pensiez-vous alors ? Il me semble que je le
sais à présent. Et moi, à cette heure-là, c'est à vous
que je pensais : nous pensions, vous et moi, à ce qui
nous paraissait le plus en danger. Seulement, moi,
je priais pour vous, d'une prière dont je ne suis pas
sûr que vous l'ayez priée jamais pour ce petit.

L'ABBÉ

Je priais à ma façon : la tendresse elle aussi est une prière. Mais vous, avez-vous prié, fût-ce une seule fois, pour lui ?

LE SUPÉRIEUR

Je n'ai pas, monsieur de Pradts, à rendre compte de mes prières. Et cependant... maintenant que vous êtes en règle avec Dieu, avec chacun de nous, et avec vous-même, le temps est peut-être venu que je vous dise un mot de moi. J'ai eu moi aussi, au début de mon sacerdoce, un dévouement trop exigeant, pour une âme trop frêle, que j'ai fatiguée. On m'ordonna de la confier à d'autres ; cela me parut très dur ; je le fis. Sept ans après, le vieux confesseur qui l'avait reçue étant mort, cette âme trouva tout simple de venir me demander conseil. Les temps avaient changé : je l'accueillis. — Vous retrouverez un jour Serge Souplier.

L'ABBÉ

Il sera trop tard.

LE SUPÉRIEUR

« Trop tard » : que voulez-vous dire ? Et n'aurai-je donc connu de vous que des mouvements qui ne sont pas chrétiens ? « Trop tard »! Les âmes sont des choses si grandes et si précieuses, et il a fallu que vous n'en aimiez une qu'à cause de son enveloppe charnelle qui avait de la gentillesse et de la grâce ! Vous n'avez pas aimé une personne, vous avez aimé un visage. Et vous l'avouez! Vous avez cru me surprendre en me rappelant ce que j'avais dit ici de l'amour. Oui, notre religion est fondée sur l'amour. Je l'ai dit, je ne l'ai peut-être pas dit assez encore. Mais notre amour n'est pas l'amour des visages, et d'ailleurs vous le savez très bien. Notre amour est un autre amour, monsieur de Pradts, même pour la créature. Quand il atteint un certain degré dans l'absolu, par l'intensité, la pérennité et l'oubli de soi, il est si proche de l'amour de Dieu qu'on dirait alors que la créature n'a été conçue qu'en vue de nous faire déboucher sur le Créateur; je sais pourquoi je peux dire cela. Un tel amour, puissiez-vous le connaître. Et puisse-t-il vous mener, à force de s'épanouir, jusqu'à ce dernier et prodigieux Amour auprès duquel tout le reste n'est rien.

Le supérieur se retire lentement jusqu'à la porte. L'abbé de Pradts revient vers la table, [repousse vivement le prie-Dieu qui se trouve sur son passage,] tombe assis sur sa chaise, la tête contre ses avant-bras qu'il a posés sur la table, pendant qu'une dernière fois s'élève, se suspend et retombe la voix d'enfant qui chante la phrase leitmotiv du Qui Lazarum resuscitasti. *Le supérieur est debout, immobile, contre la porte et le regarde.*

FIN

Paris, juillet-août 1951.

APPENDICES

POSTFACE

(1954)

La Ville dont le prince est un enfant est le plus anciennement conçu de mes ouvrages qui soit livré au public. J'ai sous les yeux, en effet, les notes, les fragments de scènes que j'en rédigeai en 1913, c'est-à-dire à dix-sept ans. Je ne parvins pas à mettre sur pied cette œuvre. J'avais de bonnes raisons de savoir faire parler les enfants et les adolescents ; la scène finale, entre les deux prêtres, m'échappait. Mais, l'année suivante, j'écrivis *L'Exil*, qui est un peu, si l'on veut, une « suite » de *La Ville*.

La guerre finie, j'eus sans doute l'idée de reprendre et même de publier dans un avenir proche cette pièce, puisque l'édition de tel de mes livres de cette époque — du *Songe*, je crois, ou du *Paradis*, ou des *Onze*, en 1922 ou 1924 — l'annonce parmi mes « ouvrages à paraître », avec le titre même qu'elle porte aujourd'hui.

En 1929, j'essaye d'écrire une pièce, *Don Fadrique*, et refais une charge ou deux à *La Ville*. Mais je ne me sens pas maître de la chose

— c'est toujours la scène finale qui se dérobe, — et renonce encore une fois.

Il faut croire que tout ce temps j'avais parlé à quelques-uns de cet ouvrage, puisque J.-N. Faure-Biguet, en 1941, écrivait dans *Les Enfances de Montherlant* (p. 71) : « *La Ville dont le prince est un enfant* : Montherlant annonce un livre sous ce titre depuis des années. Il nous le donnera un jour, et je pense qu'il nous dira alors tout ce qu'il a à dire sur ce sujet immense et dangereux. » La quinzaine de pages qui suivent, dans le livre de Faure-Biguet, fait d'ailleurs un assez bon fond sonore à *La Ville*.

Autre fond sonore, *La Relève du matin*, écrite de 1916 à 1920, publiée en 1920. Fond sonore ? Changeons de comparaison. *La Relève* et *La Ville* s'étagent. Dans la préface de l'édition actuelle de *La Relève du matin*, préface composée en 1933, après avoir écrit que *La Gloire du collège* (qui est la partie proprement « collégienne » de *La Relève*) est une sorte de plafond à la vénitienne, une « transfiguration délibérée », j'ajoute : « Mais qu'on sache que nous n'avons pas, pour cela, méconnu, laissé échapper la réalité dont *La Gloire* est le phantasme. Si le goût nous venait d'écrire aujourd'hui, sur cette réalité, une œuvre nue, directe — la vie même — nous n'aurions qu'à laisser aller la plume. Cette réalité, en nous, est restée intacte. *La Gloire* peut la recouvrir, comme une nuée fallacieuse ; un geste écarterait cette nuée. Veut-on une autre image ? Un Greco qui n'aurait peint encore que le registre supérieur du

Comte d'Orgaz ; mais saurait qu'il a dans la tête et dans les doigts la scène du bas, et qu'elle sera œuvre le jour qu'il choisira. »

Écrivant cela, je pensais à *La Ville*. Je devais attendre près de vingt ans encore avant de « laisser aller la plume ». Le « jour choisi » fut en l'été de 1951.

Le premier tirage de chacune de mes pièces est de vingt mille exemplaires. Le sujet de *La Ville* me sembla de nature si particulière que je crus qu'il n'intéresserait qu'un public réduit (outre que la pièce ne devait pas être jouée, ce qui diminuait de beaucoup sa diffusion). Je proposai donc spontanément à l'éditeur d'abaisser à dix mille le premier tirage : seul de tous mes ouvrages de théâtre, celui-ci « partirait » avec un tirage de moitié moindre que le leur. L'éditeur ne se fit pas prier. Il faut croire que, l'un et l'autre, nous ne connaissions pas assez le génie de notre époque.

· En effet, *La Ville* (non jouée ou à peu près) a été tirée à ce jour à soixante mille exemplaires [1]. L'accueil des milieux catholiques et du clergé avait été compréhensif et chaleureux. Je le dus pour une grande part à l'article que, le premier, Daniel-Rops publia dans *L'Aurore*. Il y fallait quelque courage, à un moment où la réaction du public catholique ne pouvait être prévue. Je fus d'autant plus sensible à cet accueil que *La Ville* est comme une réplique de *La Relève du matin*, consacrée

---

1. Cent quinze mille en 1967, pour les éditions françaises seulement. Il n'y a pas eu d'éditions populaires, dont on sait qu'elles font monter beaucoup les tirages.

elle aussi aux collèges religieux, et que, par ces deux ouvrages, il me semble que j'ai travaillé — avec mes moyens propres — dans le même sens que mon bisaïeul maternel, lorsqu'un de ses discours à l'Assemblée législative provoquait le vote de la loi Falloux, à laquelle nous devons aujourd'hui encore l'existence même de l'enseignement libre en France. Comment ne pas le croire un peu quand je lis sous la plume d'un jeune écrivain — protestant, je crois, — Roland Laudenbach : « Je comprendrais qu'un père de famille prenne, après la lecture de *La Ville*, la décision de lui confier ses fils (au collège catholique) »? (*Opéra*, 7 novembre 1951.)

Dans un article paru dans l'hebdomadaire *Opéra*, au moment de la publication, j'écrivais :

La Ville, qui ouvre largement sur La Relève *et sur* L'Exil, *ouvre aussi sur* Malatesta, *par certains de ses mouvements, sur* Fils de personne *(c'est encore une histoire d'éducation, et, comme dans* Fils, *d'éducation gauchie par la passion). Et sur mes deux autres « pièces sacrées »,* Santiago *et* Port-Royal : *à un point même dont je n'ai pris conscience qu'après coup (l'Ordre, l'Ordre menacé, — l'Ordre réformé, etc...). Voici l'occasion de reprendre le mot connu, sur la vie de collège, « microcosme de la vie tout entière ».*

Un collège catholique pouvait être il y a quarante ans (je ne sais pas bien ce qu'il en est aujourd'hui ; est-ce que, là aussi, on ne cherche pas à se mettre au ton du jour? à « rejoindre »? c'est-à-dire, les temps étant ce qu'ils sont, à descendre?) un lieu

*extraordinaire pour pousser des âmes un peu riches
à l'ardeur et à un raffinement extrême des sentiments,
et, si elles étaient bien nées, à la générosité aussi :
un lieu qui donnait du style aux passions qui s'y
développaient ; bref, un puissant instrument de civilisation.* C'est ce qui me semble ressortir de La Ville
dont le prince est un enfant. *Il en ressort encore
autre chose : à savoir qu'il n'y a qu'un amour. Un
des rares écrivains français contemporains qui ait
le sens des âmes l'a dit, dans son roman* Genitrix.
*J'avais songé un instant à mettre sa phrase en épi-
graphe, au-dessous de celle de Balzac. Cette vérité
m'a paru ensuite si évidente, que j'ai pensé que ce
serait l'affaiblir que la cristalliser en une parole, si
juste fût-elle, alors qu'il ne devrait pas même être
besoin de l'exprimer.*

Le volume, paru au début de novembre 1951,
portait la mention : « Il n'est pas dans les intentions
présentes de l'auteur que cette pièce soit représentée. » Le 3 décembre, M. P.-A. Touchard, administrateur général de la Comédie-Française, m'appelait au téléphone : « J'ai fait lire la pièce au
comité et, à l'unanimité moins une voix, nous
avons été d'accord pour désirer la monter. Nous
n'attendons que votre acceptation. »

Je marquai à M. Touchard mon étonnement, et
lui déroulai les raisons que j'avais de penser qu'une
telle œuvre, si bien accueillie à la lecture, risquait
de choquer sur la scène ; sans parler de la difficulté
de trouver des jeunes garçons pour jouer les collégiens. Il me dit : « Croyez que j'y ai mûrement
réfléchi. Si c'est une aventure, je suis prêt à y ris-

quer ma situation. » (Ainsi Jean-Louis Vaudoyer
me disait il y a douze ans : « Si le comité refuse
La Reine morte, je donne ma démission. ») Je dis
à M. Touchard que je lui donnerais ma réponse
dans les huit jours, assez pour consulter quelques
personnes de bon conseil.

Le lendemain, M. Jean Yonnel, doyen de la
Comédie-Française, me téléphonait : « C'est Jean
Meyer qui a lu la pièce. Il n'y a pas eu unanimité
moins une voix ; il y a eu unanimité. Tout le monde
a signé le bulletin de réception. On a voté ensuite
sur ce point : fallait-il la jouer à la salle Richelieu
ou à la salle Luxembourg ? Il y a eu une majorité
pour la salle Richelieu. Ensuite, tous les mem-
bres du comité ont signé le bulletin de réception. »

J'écrivis à S. E. Mgr Feltin, archevêque de
Paris, la lettre suivante, qui fut reproduite dans
L'Aurore du 12 décembre :

4 décembre 1951.

Monseigneur,
Je viens de faire paraître une pièce, La Ville
dont le prince est un enfant, *dont j'ai publié à
maintes reprises, par la voix et l'écrit, que mon intention était qu'elle ne fût pas représentée.*

*Hier matin, M. l'Administrateur général de la
Comédie-Française m'a téléphoné pour me dire que,
de son propre mouvement, il avait fait lire cette pièce
au comité du théâtre, où elle avait été acceptée à
l'unanimité, et qu'il n'attendait que mon accord*

pour l'accueillir. J'ai reçu cela comme la foudre.

J'ai donné à M. Touchard toutes les raisons pour lesquelles je n'avais pas envisagé la représentation de cette œuvre. Il m'a répondu par les siennes, opposées, allant jusqu'à me dire qu'il était prêt, quant à lui, à risquer sa situation, s'il le fallait, pour la jouer. Je lui ai dit que rien ne pouvait même être rêvé sans qu'on eût obtenu, avant tout, l'assentiment de Votre Excellence.

Si je vous fais cette lettre, Monseigneur, ce n'est donc pas pour vous demander quoi que ce soit : c'est au contraire pour vous marquer bien que je suis sans désir dans cette affaire. Je n'ai jamais souhaité que mes pièces fussent représentées. A plus forte raison, moins encore celle-ci.

Toutefois, pour la bonne pesée de votre jugement, je répéterai ici ce que j'ai dit au téléphone à M. Touchard : que si la roue tournait de telle sorte que la représentation de cette pièce parût souhaitée par les meilleurs, encore ne l'accepterais-je qu'avec un certain nombre de suppressions que je ferais, tant dans le texte que dans les jeux de scène. J'ajoute que je les ferais en accord avec les autorités religieuses, comme je fis il y a quelques années lorsque, avant de les donner à l'impression, je communiquai au R. P. d'Ouince les manuscrits de mes pièces Le Maître de Santiago et Malatesta.

Et là-dessus, en ayant assez dit, je vous prie de me croire, Monseigneur,

de Votre Excellence,

le fils respectueux et soumis.

Je rencontrai ensuite M. Touchard et je m'étendis sur les raisons qui jouaient, selon moi, contre toute représentation de la pièce. Il me répondit par ses raisons à lui, paraissant croire notamment, bien plus que moi, que « tout le monde était passé par là » (par les *praetextati mores*). Il me parut croire aussi, bien plus que moi, que les gens sont sensibles à la qualité. « La qualité sauvera tout. » Je lui envoyai peu après une note dactylographiée, reproduisant les raisons que je lui avais données. Cette note parut dans l'hebdomadaire *Opéra* du 12 décembre.

Quelques jours plus tard me parvenait la réponse de Mgr Feltin. Il louait la pièce, traitée « avec tact et respect », mais, dans les circonstances présentes, déconseillait sa représentation. En remerciant M. Touchard et le comité de la Comédie-Française, je lui signifiai mon refus.

Le surlendemain du jour où M. Touchard m'annonçait que *La Ville* était reçue à la Comédie-Française, Madeleine Renaud était venue me voir, avec une lettre de Jean-Louis Barrault me demandant de monter la pièce. Par la suite, nombre de théâtres me firent la même offre : entre autres — pour m'en tenir à la France et aux pays francophones — le Théâtre-Hébertot, le Congrès pour la liberté de la culture (Théâtre des Champs-Élysées), le Théâtre de l'Athénée, le Théâtre de l'Œuvre, le Théâtre de la Madeleine, le Théâtre des Arts, le Théâtre royal du Parc de Bruxelles, le Théâtre Saint-Georges, le Théâtre des Célestins de Lyon, le Théâtre de Bayonne, les Tournées Baret, l'Alliance française (pour une lecture), etc.[1]. A tous je répondis comme j'avais répondu à la Comédie-Française.

Le *Corriere d'Informazione* de Milan titrait sur cinq colonnes : « Crise de conscience en France à propos d'une pièce de Montherlant. » Ce qu'il y avait, dans les milieux catholiques, ce n'était pas crise de conscience, c'était divergence d'opinions, non sur la valeur de l'œuvre, généralement reconnue, mais sur l'opportunité de la faire jouer. Mgr Feltin le déconseillait, mais un chanoine, le chanoine Fabre, directeur de l'enseignement diocésain dans le diocèse de Lille, contrôlant par là quatre-vingt mille enfants, m'écrivait : « Je pense que la pièce peut se jouer, et pour ma part je n'y vois pas d'inconvénient, à la condition qu'en la portant à la scène on ne lui fasse pas perdre ce climat spirituel auquel le *lecteur* ne peut pas être insensible. Je suis donc « pour » (la représentation) avec les précautions que j'ai dites, et si la pièce se joue j'irai la voir et vous applaudir, avec l'espoir que les acteurs ne m'abîmeront pas le souvenir que j'en veux garder » ; le petit séminaire d'une grande ville du Midi de la France projetait de la représenter ; les prêtres directeurs d'un collège de Saint-Malo demandaient à Jacques Hébertot d'en donner le troisième acte pour la séance anniversaire de la

---

1. Et — depuis cette postface — le Théâtre royal du Parc (nouvelle direction), le Théâtre des Mathurins, le Théâtre de l'Alliance de Bruxelles, le Théâtre Michel, le Théâtre de Gand, etc.

fondation du collège ; la Fédération wallonne des Étudiants de l'Université (catholique) de Louvain, M. l'abbé Charavay, aumônier de lycée à Lyon me demandaient l'autorisation de la faire jouer par de jeunes amateurs. De nombreux ecclésiastiques, depuis le curé de campagne jusqu'à la « personnalité », m'écrivaient pour approuver le principe de la représentation. M. l'abbé Charavay voulut bien m'écrire : « Ce sera le grand regret de ma vie de n'avoir pu faire jouer *La Ville.* » (C'étaient les paroles mêmes que devait me dire un jour M. Touchard, en quittant la Comédie-Française[1].)

Des lectures publiques n'avaient pas les mêmes inconvénients que des représentations. M. Hubert Gignoux, directeur du Centre dramatique de l'Ouest, lut en public la pièce dans plusieurs villes de Normandie et de Bretagne. Il me dit : « Chez le public, unanimité dans le respect pour l'œuvre. Unanimité dans l'opinion qu'elle ne doit pas être représentée. » A son tour, M. Marcel

1. En 1963, le R. P. Maurice Robinet, jésuite, sociétaire du Théâtre de l'Alliance de Bruxelles, et aumônier de la Centrale catholique belge du spectacle, me demandait à l'intention de ce théâtre, « le premier théâtre professionnel chrétien », *La Ville,* qualifiée dans sa lettre d' « œuvre de passion, d'amour, de faiblesse et de haute spiritualité ». En 1966, M. l'abbé Louis Cognet, cité plus loin, m'écrivait : « Je suis heureux que vous reveniez [avec sa création sur le théâtre] à *La Ville,* qui est une de vos plus belles pièces, la plus belle peut-être, bien que j'aie un faible pour *Le Cardinal d'Espagne.* » Et Mgr Jobit, directeur des études hispaniques à l'Institut catholique : « Ne vous laissez pas intimider, en ce qui concerne *La Ville.* Surtout avec les retranchements que vous me dites avoir faits, c'est une œuvre qu'il sera bon d'entendre. »

Josz, qui joua plus de cinq cents fois le rôle d'Alvaro du *Maître de Santiago* pour le Théâtre-
Hébertot, lut *La Ville* au Théâtre royal du Parc
de Bruxelles. D'un débat institué parmi les
spectateurs après la lecture, il ressortit que le
public souhaitait que la pièce fût jouée.

Tous les professionnels du théâtre avaient été,
dès le début, partisans déterminés de la représentation. Ils me disaient :
1° « une pièce est faite pour être représentée »
(réponse : non, pas nécessairement) ;
2° « nulle crainte à avoir, le sentiment empor-
tera tout » (réponse : je n'en crois rien) ;
3° « *La Ville* sera jouée un jour ou l'autre,
cela est fatal. Mieux vaut qu'elle le soit de votre
vivant, afin que vous puissiez donner des indications, et ainsi « créer la tradition ».
Durant cette année 1952, je voyais l'opinion
du public, elle aussi, évoluer très nettement dans
ce sens. Les œuvres littéraires, en vieillissant,
fût-ce d'une année seulement, perdent leur pouvoir de percussion, ce qui d'ailleurs n'est peut-
être pas un bien. J'ai parlé autre part du *Maître
de Santiago*, interdit d'abord par un évêque, et
auquel, deux années plus tard, des supérieurs
de séminaires menaient en corps leurs sémina-
ristes. Touchant *La Ville*, il en était comme de
deux rivières qui, parties de points très différents,
et même opposés, se rejoindraient pour faire un
fleuve. Il y avait un courant de personnes qui
estimaient que cette pièce était très pure et très

morale, et que, si même les amitiés particulières[1]
n'étaient pas chose souhaitable, elles étaient
présentées ici dans une atmosphère de générosité
qui les « sublimait ». Et il y avait un autre courant
qui opinait que tout cela était beaucoup de bruit
pour rien, personne ne songeant plus aujourd'hui
à s'offusquer des sentiments dépeints dans *La
Ville*. Quand l'œuvre avait paru, on avait parlé
d'abîmes. Désormais, s'il y avait des abîmes,
ce n'étaient plus que de petits abîmes, comme
le « petit précipice » de Souplier. De ce dernier
état d'esprit voici trois exemples : des extraits
de lettres.

« *Vous avez écrit dans* Service Inutile *que vous
étiez du « parti du passé ». Les raisons que vous donnez
pour refuser de laisser jouer* La Ville, *si elles sont
sincères, montrent que vous n'avez pas changé. Vous
ne voulez pas marcher avec votre temps. Mais il y
a une évolution irrésistible des mœurs, à laquelle
vous ne pouvez rien, et cette évolution fait que d'année
en année votre pièce apparaîtra de plus en plus anodine. Un jour, si vous vivez assez, votre interdiction
de faire jouer* La Ville *vous paraîtra à vous-même
aussi ridicule que le paraissent aujourd'hui les mines
effarouchées faites à la parution de* Madame
Bovary *ou le procès intenté à Baudelaire.* » (A.
F., *avocat, Paris.*)

« *Voulez-vous donc, une fois de plus,* donner

---

1. J'ai supprimé les guillemets qui encadraient cette
expression dans les éditions précédentes. Elle peut se passer
de guillemets. Je l'ai trouvée dans un ouvrage (janséniste)
de la première moitié du XVIIᵉ siècle.

une leçon? *Donner une leçon à tous les directeurs de théâtre, directeurs d'institutions, critiques, prêtres, qui ne voient aucun inconvénient à ces représentations? Voulez-vous faire croire qu'ils sont de malhonnêtes gens, et qu'il n'y a que vous de vertueux? Cela, cela a un nom, Monsieur : cela s'appelle le* pharisaïsme. » (J. L., *étudiant, Bordeaux*.)

« *J'ai un fils de treize ans pensionnaire à l'École municipale de P... Suis-je une mauvaise mère? J'avoue n'être nullement choquée quand je vois des enfants jouer dans des films « interdits aux moins de seize ans ». Ce fait, qui est chose courante, indique que l'État et le public considèrent qu'il y a en quelque sorte un statut particulier pour les enfants comédiens.* » (Mᵐᵉ Y. D., *Paris*.)

Voilà beaucoup de blâmes. J'oubliais celui du R. P. Barjon, jésuite, qui me reprochait dans les *Études* d'avoir été « tirer la sonnette de l'Archevêché ». (N'est-ce pas amusant, que se voir reprocher par un religieux d'avoir pris l'avis de Monseigneur, et de s'y être conformé, par déférence pour une confession à laquelle on n'appartient pas?) Mais je pense que tous ces gens n'étaient si fermes que par appétit de me contredire. Combien d'entre eux, sortant d'une représentation de *La Ville*, gémiraient avec les yeux au ciel : « Je n'avais pas voulu cela! » Ce qui est aussi le pharisaïsme, *Monsieur*.

D'autre part, le clergé continuait de sembler favorable. C'était le prêtre à qui l'œuvre est dédiée, de qui ne figuraient que les initiales dans le premier tirage, et qui demandait que son nom figurât en entier dans le second. C'était le supérieur du collège des Oratoriens de Juilly qui prêtait son collège pour des illustrations photographiques destinées à une édition de la pièce. C'étaient les religieux d'un couvent ès montagnes de l'Est qui témoignaient à Mme Germaine Dermoz (la comédienne) qu'ils en souhaitaient la représentation. C'était un ecclésiastique, hier titulaire d'un haut emploi, qui disait à M. Robert d'Harcourt (l'académicien) : « Vous savez, l'abbé de Pradts, eh bien! c'est moi! » Si ce personnage de théâtre lui avait paru condamnable, il pouvait taire d'en être le modèle vrai ou faux, ce que ni moi ni personne n'avait jamais insinué. C'était M. André Ferran, professeur à la Faculté des Lettres de Toulouse, catholique fervent, qui, choisissant des extraits de mon théâtre pour la collection scolaire des classiques illustrés Hachette, voulait à toute force y inclure des pages de *La Ville*, — tandis que l'auteur devait l'en dissuader [1].

L'association « Belles Lettres » est une association suisse d'étudiants et ex-étudiants, ancienne de trente années, et qui n'a cessé d'avoir une intéressante activité dramatique, féconde en créations originales. Elle donna à Genève une représentation privée de *La Ville* en février 1953, avec un succès d'autant plus grand qu'il était

1. D'un autre côté, le service de la Télévision scolaire du ministère de l'Éducation nationale m'a demandé, en 1957, d'inclure dans une émission scolaire de télévision des scènes de *La Ville* (ce que j'ai refusé).

inespéré : la réunion de presse qui précéda le spectacle avait· été, paraît-il, plutôt réticente ; le succès se forma au cours de la représentation. Les « Bellettriens » donnèrent sept soirées au lieu des deux prévues, et eussent pu en donner dans toutes les villes de Suisse, et même à Paris, à Lyon, etc... où on les appelait, si, d'un commun accord, nous n'avions pensé qu'un spectacle d'amateurs ne devait pas se transformer en tournée théâtrale [1]. Deux mois plus tard, les étudiants de l'Université d'Amsterdam me demandèrent eux aussi de pouvoir doubler le nombre des représentations qu'ils avaient données de *La Ville* sur leur scène universitaire. Ce groupement, protestant, s'était fait conseiller dans son entreprise par un religieux catholique.

Je n'avais assisté, ni en Suisse ni en Hollande, à aucune de ces représentations ni de leurs répétitions.

Plusieurs curés de paroisses, des abbés de « Florimond » (le grand internat catholique de Genève), avec leurs élèves, étaient venus aux soirées genevoises de *La Ville*. La presse suisse, y compris les journaux catholiques, avait été unanime dans le souhait que *La Ville* fût représentée désormais par des professionnels. La presse d'Amsterdam, unanime pour juger la pièce innocente, et blâmer ceux qui, ici et là, y voyaient un élément « trouble ».

---

1. Voici les noms des interprètes de la « création » de Genève : l'abbé de Pradts, Robert Zender ; Sevrais, Roger Gillioz ; Souplier, Yves Altman ; le supérieur, Roger Villemain ; Henriet, François Béguin ; M. Habert, Vahé Godel.

De mon côté, j'avais publié (17 décembre 1952) dans l'hebdomadaire *Arts* un article qui se terminait ainsi :

A mes yeux, le problème a un peu évolué en ces quinze mois. Il est possible que des représentations, dans de certaines conditions, puissent être envisagées : cadre du « théâtre d'essai », salle très petite, série limitée de représentations, public choisi, etc... Mais ce qui m'arrête aujourd'hui est la peine et surtout le temps que demanderait une telle création, qui ne s'impose pas (une pièce peut n'être que lue), et qui cependant, si elle est exécutée, doit être parfaite. Que de jeunes amateurs, ici et là, jouent cette pièce en privé, est de peu de conséquence. Il en serait autrement d'une création véritable. Et je dirai enfin que cette création, au fond, ne dépend que de deux « sujets » remarquables, qu'il s'agirait de trouver. Assez d'hommes du métier m'ont parlé excellemment de cette pièce pour que je sache qu'il ne lui serait pas difficile de rencontrer un metteur en scène intelligent et sensible. Les rôles des deux prêtres, d'autre part, ne dépassent pas les capacités d'un bon comédien. Il n'en est pas le même pour les rôles des deux adolescents. Chacun sait que les enfants, qui jouent si bien dans les films, sont pour la plupart exécrables sur la scène. Les deux personnages juvéniles de La Ville *dont le prince est un enfant ont quatorze et seize ans : si l'on veut se donner un an de jeu pour monter la pièce comme elle doit l'être, et à tête reposée, comme doivent être faites toutes choses, il faudrait découvrir aujourd'hui des garçons de treize et quinze ans excep-*

tionnels, — *l'aîné surtout. Il me semble que c'est
de cela, et de cela seul que dépend l'éventualité
d'une représentation, dans les conditions qui lui
sont indispensables et dont j'ai énuméré plus haut
quelques-unes. Ensuite il ne restera plus qu'à pré-
parer minutieusement et de tout son cœur un échec
certain, une pièce dont il a été tant parlé à l'avance
ne pouvant qu'être emboîtée par les trois ou quatre
critiques influents, qui donneront le ton aux autres,
et ainsi envoyée par le fond sans la moindre chance
de salut.*

C'est alors que Madeleine Renaud et J.-L. Barrault renouvelèrent la demande qu'ils m'avaient
faite de monter la pièce, mais cette fois en s'ap-
puyant sur deux arguments nouveaux.

Ils me faisaient valoir que les représentations
de *La Ville* données uniquement à l'étranger
(outre les représentations de Suisse et de Hollande, elle devait alors être jouée à Londres
l'hiver 1953-1954, par des professionnels, dans
sa traduction anglaise ; et un film devait être
tourné en Angleterre, monté par une société
anglaise) risquaient d'être mal interprétées chez
nous par l'opinion, qui se demanderait pourquoi
j'excluais la France seule des incarnations d'une
œuvre si particulièrement française [1]. Il me fallait bien observer que le fait que ces pays fussent

---

1. La pièce a été traduite en allemand par Mme Lore
Kornell, en italien par M. Vittorio Sereni, en anglais par
Sir Aymer Maxwell, en hollandais par M. Eric van Hulsen,
en espagnol par M. Abelardo Arias, en portugais par M.Palha
Battos.

tous protestants ou à majorité protestante risquait lui aussi de créer des malentendus.

Ils m'offraient enfin d'inaugurer avec *La Ville*
le futur « petit Marigny », dont ils me décrivaient
les conditions, qui correspondaient singulièrement aux idées que j'avais, et avais toujours
eues, sur la mise en scène et la conduite de *La
Ville*, au cas que cette pièce fût représentée.

Dans la postface de l'édition de *La Ville* illus-
trée de photos, parue en novembre 1952, j'écrivais :

*Les acteurs veulent jouer faux, être habillés
faux, être peinturlurés faux, être perruqués faux.
La nonne a du rouge-baiser aux lèvres, le poilu
qui sort des tranchées des bottes vernies, l'amou-
reuse est jouée par un gamin (jusqu'au XVIe siècle),
le gamin de treize ans est joué par un homme de
vingt-trois ans. L'acteur qui « meurt » sur la scène
n'essaye en aucune manière de donner la moindre
illusion de ce qu'est un homme qui meurt ; l'idée
ne lui en vient même pas ; si on tente de lui imposer
cette idée, il se rebiffe : « Le théâtre, ce n'est pas
cela ! » Mais si, au contraire, on se plaint de ce
faux perpétuel, il proclame : « Le théâtre, c'est
cela ! Le théâtre est une convention. » Et, en effet,
c'est cela que le public aime, non seulement en
France, mais partout ailleurs, et depuis toujours :
les exemples en surabondent. S'il arrive qu'un
auteur dramatique soit glacé par ce théâtre-là,
parce que, ce qu'il juge merveilleux, c'est la vie, et
donc ce qui l'imite, non la convention dans une
routine crasseuse, et s'il a derrière lui dix ans de
ce théâtre-là, il en a assez, et demande un répit.*

Toutes les raisons que j'ai données de ne pas jouer
La Ville sont sincères, mais il y a aussi celle-là.
Et l'espèce de drame que c'est de se dire : « Si cela
est bien, le public boudera. Car il faut que cela soit
mauvais pour qu'il vienne [1]. »

Le cinéma a montré, depuis quelques années,
ce que devait être le théâtre, pour cesser d'être Gui-
gnol, ou pour cesser d'être l'entrée des clowns. Le
dernier en date de ces films qui changent quelque
chose, et jusqu'à la vue même qu'on a de l'homme,
me semble être cet étonnant chef-d'œuvre, Les Jeux
Interdits, *de René Clément. Je ne suis pas l'homme*
du ou, mais du et. Qu'il y ait côte à côte une tauro-
machie de taureaux tendres, si c'est la mode, et
une tauromachie de taureaux durs, pour ceux qui
aiment le combat. Qu'un certain théâtre continue
d'être Guignol, si c'est cela que le public aime,
mais qu'il y ait aussi un théâtre où l'on trouve
autre chose que la haine de la nature, de la vérité
et de la vie. Que La Ville, *enfin, puisqu'il s'agit*
d'elle, soit sur la scène Les Jeux Interdits, *ou*
qu'elle n'y soit pas.

Dans le numéro du 5 mars 1953 de la publication *L'Avant-Scène*, je revenais à la charge, au
cours d'une interview.

On nous parle de « théâtre psychologique » comme
d'une certaine forme de théâtre. Pour moi, il n'y
a qu'une seule forme de théâtre digne de ce nom :
le théâtre psychologique.

---

1. Je rappelle le mot de Jacques Hébertot, que j'ai déjà
cité ailleurs : « Plus un acteur est mauvais, plus le public
vient. »

Ce qui donne au théâtre une force qui lui est propre, c'est que tout s'y passe sur le visage humain. Il faut donc voir ce visage de près. On devrait retrouver au théâtre les gros plans du cinéma. Qu'il s'agisse de la boxe, de la corrida, ou du théâtre, je n'ai jamais pu être spectateur que dans les deux premiers rangs. Je préférerais n'y pas aller à y être placé ailleurs.

Le mal du théâtre vient de la distance où est placé le spectateur. Pour supprimer l'inconvénient de la distance, dans d'immenses théâtres sous la lumière réelle, il y eut le masque grec, suivi de tous les autres masques, et le maquillage en est un. De là tous les grossissements, et la caricature qui commence.

J'écrivais dans *Cinémonde* en décembre 1953 :

Je ne suis pas très calé sur la préhistoire du théâtre, mais enfin j'ai entendu parler du Chariot de Thespis. Dans ce chariot il y avait une « troupe ». Une troupe réduite : un chariot, cela n'est pas grand. Ce principe de la « troupe » est à l'origine des malheurs du théâtre. Qui dit « troupe » dit : des « emplois ». Qui dit « emplois » dit : « convention ». Qui dit « convention » dit : le ver dans le fruit.

Pour ces troupes, les auteurs prirent l'habitude d'écrire des pièces conventionnelles, avec des personnages conventionnels. C'était la pente la plus facile, puisque chaque acteur de la troupe s'était spécialisé dans un personnage conventionnel : le jaloux, l'ingénue, le jeune premier, le père noble, le bouffon, etc. Le règne du pantin commence.

Il dure depuis des milliers d'années, et ce n'est

*pas fini. Depuis des milliers d'années, et partout
— en Orient comme en Occident, — le théâtre vit
dans le faux. On y a habitué le public. Le public
s'y est si bien habitué, que c'est ce faux qu'il aime.
Je n'ose dire les grands auteurs — « classiques » —
que le mal a touchés plus ou moins. Il faudrait
les nommer presque tous.*

*Je ne suis pas très calé non plus sur la technique
du cinéma. Elle a sans doute ses conventions. Les
experts me diront peut-être qu'elle en a autant
que la technique du théâtre. Je vois seulement
les œuvres. Et je vois que le cinéma, aujourd'hui,
produit des chefs-d'œuvre ; et le théâtre... eh bien !
mettons qu'il en produit moins.*

*Aujourd'hui ? Mais n'est-ce pas le théâtre de tous
les temps qui a produit peu de chefs-d'œuvre ? Dans
la littérature universelle, voyez comme il pèse peu.*

*Presque tout le théâtre — je parle du théâtre re-
présenté, car le faux du comédien se superpose au
faux de l'auteur — paraît être un succédané de
Guignol, auprès du* Voleur de bicyclette *ou des*
Jeux Interdits, *pour ne citer que des œuvres ré-
centes. Ces œuvres représentent la vie « vraie »,
avec ce qu'il faut de tour de main pour la mettre
en valeur, et nous montrent que c'est elle qui est
admirable. Leur portée sociale se mêle intimement
à leur beauté artistique : elles nous font aimer l'être
humain. On a plus de respect pour un ouvrier ou
pour un enfant croisés dans la rue, quand ces
films vous les ont « révélés » tels qu'ils sont et tels
qu'on ne savait pas les voir.*

Les recherches de mise en scène pour *La Ville*

peuvent se borner au captage des infiniment
petits par lesquels l'être humain laisse transpa-
raître un de ses sentiments. Aussitôt d'accord
avec Jean-Louis Barrault, je n'eus plus qu'à
ouvrir les yeux et à enregistrer ces infiniment
petits, tout juste comme ferait un metteur en
scène de cinéma, pour les transporter dans la
représentation. Alors naquirent des jeux de
scène tels que celui des billes qui tombent de la
poche de Souplier quand il tire son mouchoir,
ou celui de l'enfant qui, écoutant, pose un de ses
pieds sur l'autre, ou celui de Sevrais prenant dis-
traitement des doigts de Souplier l'élastique, et
le lui rendant quand ils se séparent (jeux de
scène qui parfois me faisaient ajouter des répliques à la pièce). D'autres de ces jeux de scène
que j'inventais sont beaucoup plus significatifs
du théâtre à vision rapprochée : j'en citerai
deux, à titre d'exemple.

La tendresse de Sevrais pour Souplier peut
être signifiée par un seul petit geste, et très
« garçon » : Sevrais appuie le bout de son pied sur
le dépassant de la semelle du soulier de Serge,
tandis qu'ils causent gravement, et joueotte ainsi
du bout de son pied, en regardant son geste.
C'est tout, et cela suffit. Mais cela ne peut être
donné que dans un gros plan de cinéma ou dans
le théâtre à vision rapprochée.

Tandis que l'abbé de Pradts semonce Souplier, à
l'acte I, Souplier tripote un objet quelconque
sur la table de l'abbé. Il n'en faut pas plus pour
montrer non seulement qu'il a l'esprit ailleurs,

mais encore et surtout qu'il est très et trop familier avec son préfet de division : ce geste *dé-
placé* n'est possible que chez un chouchou, qui
se sent tout permis. Mais ce trait lui aussi serait
noyé dans un grand théâtre, lui aussi il ne vaut
que pour le gros plan ou la vision rapprochée.

D'avril à septembre 1953, Barrault et moi
nous fîmes passer des auditions pour les rôles de
Sevrais et de Souplier. Je crois que nous vîmes
plus de cent garçons, et en écoutâmes une tren-
taine, y compris les deux garçons qui avaient
joué la pièce à Genève. Aucun d'eux ne parut
pouvoir la jouer à Paris, dans les conditions que
d'entrée j'avais posées à Barrault : « Il faut que
cela soit admirable, ou que cela ne soit pas. »

Qui dit théâtre (représenté) dit perte de temps.
J'avais déjà perdu beaucoup de temps avec
La Ville, dès l'instant où celle-ci cessait d'être
seulement *un volume*. Je demandais à souffler un
peu, et à penser à autre chose.

Janvier 1954.

P.-S. de 1967. — En 1955, l'accueil très chaud,
et sans réserves, fait à deux représentations
données par des amateurs à Liège (« Les Compagnons de Saint-Lambert »), sous le patronage de
l'Université de Liège, me poussa à envisager de
nouveau la représentation à Paris. Barrault et
sa compagnie jouaient de moins en moins en
France. Pierre Descaves, nouvel administrateur
de la Comédie-Française, revint à la charge pour

obtenir *La Ville*. J'objectai la grandeur de la salle. Il ne me convainquit pas en répondant qu'on en isolerait une partie par un jeu de rideaux. Je décidai de confier la pièce à Mme Mary Morgan, directrice du Théâtre Saint-Georges, où avait été créé très brillamment, en 1943, *Fils de personne*. Le metteur en scène serait Jean Meyer, qui avait monté avec tant de bonheur *Port-Royal* : c'était lui, d'ailleurs, qui avait eu l'idée de présenter *La Ville* au Comité de la Comédie-Française.

On passa des auditions, mais elles furent si décevantes que je renonçai encore une fois à nos projets. J'agis de même à l'égard de l'Arts Theatre de Londres, qui désirait monter la pièce. Et de nouveau j'oubliai *La Ville*.

C'est dans ces conditions que fut conçue, par le directeur de la firme Pathé-Marconi, l'idée d'enregistrer sur disques microsillon *La Ville* jouée en studio : c'était sans doute la première fois qu'on songeait à enregistrer une pièce qui n'avait eu qu'onze représentations, et données par des amateurs. J'adhérai tout de suite à cette idée.

L'enregistrement de ces disques, dirigé par notre cher et admirable Henri Rollan, fut particulièrement bien accueilli, tant sur le pick-up que sur les ondes (1957). Jean Desailly était l'abbé de Pradts, H. Rollan le supérieur, et le garçon qui avait joué Sevrais à Liège, un amateur, Pierre Gothot, était encore une fois Sevrais. Par suite d'une homonymie, je dus arrêter l'exploitation du disque, aussi bien en tant que disque

que sur les ondes, cela depuis 1958 jusqu'aujourd'hui. Le nom mis en cause fut changé dans
l'édition.

En 1963, le théâtre des Mathurins fit une
reprise de *Fils de personne*. La pièce avait besoin
d'un lever de rideau pour « faire un spectacle ».
J'acceptai qu'on donnât le premier acte de *La
Ville*. On avait joué quelques scènes en auditions,
quand de nouveau je me sentis gêné, et n'accordai
plus le droit de représentation que pour la scène
III de l'acte I.

Comment se fit-il qu'au printemps de 1966,
moins de trois ans après ma dérobade de 1963, je
décidai de donner la pièce en son entier (à Jean
Meyer), et que sur cette décision je ne sois pas
revenu ? Je me suis aperçu que ce qui me gênait
dans *La Ville* pouvait être modifié très aisément.
Mais comment se fait-il que ni moi, ni personne
parmi le vaste public des lecteurs qui aiment cette
œuvre, pendant quinze ans ne s'en soit aperçu ?
Les autres n'y pensaient pas parce que, pour la
plupart, ils ne trouvaient rien à redire à la pièce.
Mais moi ?

Par exemple, dernière réplique de l'abbé, fin de
l'acte II, j'ai ajouté : « Vous serez là avec six ou
sept de vos camarades » ; le tête-à-tête devient
petite colonie ; tout est changé. Acte III, scènes
III et VII :

Mouvement nᵒ 1   l'abbé attaque Sevrais
    —   nᵒ 2   l'abbé est attaqué par le su-
                périeur

-     n° 3   l'abbé attaque le supérieur, sur des paroles qu'il a dites touchant l'affection. Le supérieur accuse le coup
-     n° 4   le supérieur reprend un avantage. L'abbé attaque sur l'absence de foi au collège. Le supérieur accuse le coup
-     n° 5   le supérieur cherche la décision, et l'abbé s'écroule.

J'ai ajouté le mouvement n° 3, dont l'intérêt psychologique et dramatique est évident. Et puis, acte I, fin de la scène V, acte III, fin de la scène III, et ailleurs, des additions et des suppressions qui ne sont pas rien.

J'avoue ne pas comprendre cet « esprit de l'escalier ». Un escalier qu'on descend pendant quinze ans, avant que vous apparaisse ce qu'on aurait dû faire! Je n'ai eu besoin que d'une journée pour achever ces modifications. Si la pièce dans sa version première, qui me gênait, a paru jouable à cinquante pour cent de ses lecteurs, si l'Archevêque de Paris a jugé qu'elle était alors traitée « avec tact et respect », que devrait-il en être de cette version-ci? Quinze ans! C'est un long temps dans une vie d'homme, Tacite l'a écrit, mais, dans la vie d'une époque telle que la nôtre, cela est plus long encore, cela équivaut presque à un siècle, et c'est bien le cas de dire ici avec le Pompée de *La Guerre civile :* « Les temps étaient autres. » L'opinion, mieux informée, a évolué. Et d'ailleurs,

garçons et filles se rencontrant aujourd'hui sans
peine, les amitiés particulières se sont raréfiées,
paraît-il, dans les collèges catholiques et les autres.
Un étudiant riait d'elles devant moi. « C'est l'amour
de Papa », disait-il. Avec ou sans Papa, je pense
aujourd'hui que des sentiments et des situations
qui sont vieux comme le monde ont le droit d'être
étudiés par l'art, qui a le droit d'étudier tout ce qui
existe. M'adressant spécialement aux chrétiens,
je rappellerai le conseil que Léon XIII donnait à
ses ouailles d'étudier sans peur même l'élément
humain de l'Église, parce que « Dieu n'a pas besoin
de nos mensonges ». (En vérité, si Dieu n'a pas
besoin de nos mensonges, c'est bien là le signe qu'il
est Dieu.) D'autre part, l'enseignement libre, qui
était menacé en France en 1951, ne l'est plus depuis
la loi Barangé.

La Ville est de ces pièces qui, comme les pièces
des tragiques grecs ou celles du XVIIe siècle français, s'appuient sur deux psychologies : une psychologie qui est d'époque, et une psychologie qui
est de toutes les époques. La seconde fait passer
la première. Ce qu'ont d'éternel certains des sentiments exprimés dans *Andromaque* aide à faire
passer l'alexandrin, la langue, et, en ce qui touche
le mouvement de ces sentiments, tout ce qui est
propre au XVIIe siècle, et par là déroutant et
ennuyeux pour un public de 1957. L'amour et la
douleur exprimés dans *La Ville* sont de nature
éternelle ; le ton, le « climat » de la pièce, et quelquefois la mécanique des sentiments sont d'époque,
d'une époque située plus ou moins dans le passé.

Ce décalage fut ressenti déjà en 1951, quand la pièce parut en librairie. Il ne fit pas qu'elle ne touchât vivement les cœurs, et aussi bien en 1957, quand les disques en furent publiés. Chose étrange, très étrange, *La Ville* a été mieux *comprise* que plusieurs de mes autres pièces qui semblent d'un abord plus facile : mieux comprise que *Celles qu'on prend dans ses bras*, dont le sujet est l'amour hétéro-sexuel, que *Fils de personne*, dont le sujet est l'amour paternel, que *Don Juan*, dont le sujet est le donjuanisme. Et mieux comprise *par tous :* hommes, femmes, prêtres, garçons.

(Ce que je viens d'écrire s'applique aussi à *Malatesta*, par exemple, qui expose en partie des sentiments qui sont éternels, et en partie une combi-naison et une mécanique de ces sentiments qui sont particulières au temps de la Renaissance ita-lienne, et ahurissantes pour l'Européen moderne.)

Un ecclésiastique qui occupe un rang distingué dans la hiérarchie, et à qui j'ai fait lire mon texte remanié pour qu'il juge de sa convenance à la scène, m'a suggéré quelques petites modifications qui atténueraient son côté un peu anachronique. Je n'ai pas fait ces modifications. J'ignore ce qu'est aujourd'hui l'enseignement libre, et je ne cherche-rai pas à le savoir. Mais, à un moment, l'élite de ses prêtres a tenu dans ses mains les clefs du royaume, comme le dit l'abbé de Pradts. A ce moment, quand elle tombait sur des garçons qui avaient « la hauteur d'âme et de sentiment des rois et des princes, et cela tout naturellement, avec une aisance qui leur permet de parler aussi

de *répète*, de *récrée* et d'*élastoche* » [1], cela faisait
quelque chose qu'il est très probable qu'on ne
reverra jamais plus en France. Les personnages de
cette pièce, qui passèrent, brûlèrent et s'éteigni-
rent, ne se rallu neront pas. Il est bien que *La Ville*
témoigne pour l'âge et pour le ciel qui permirent
d'être à ces astres perdus.

Peut-être l'anachronisme sera-t-il trop fort, et
la pièce qui, représentée en 1952, eût été un succès
mondial, ne rencontrera-t-elle en 1967 que l'indifférence sincère ou voulue, et le dénigrement, et
de ceux mêmes qui la portaient aux nues quand
elle vit le jour. Au point où nous en sommes, cela
n'a plus pour moi l'importance que ç'aurait eu il
y a quinze ans. A Jean-Louis Barrault, quand nous
projetions de monter la pièce, je disais : « C'est
une erreur, et ce sera un échec. » Il me répondit :
« Si c'est un échec, l'avenir sera avec nous. » A
mon tour, je paraphraserai sa parole, et, curieuse-
ment, je n'ai pour cela qu'à reprendre mot pour
mot une des répliques de l'abbé de Pradts : « Le
présent peut nous forcer à voir certains aspects
malheureux de cette affaire, mais l'avenir glorifiera l'esprit dont elle fut animée. » Barrault et de
Pradts avaient des idées précises sur l'avenir, qu'il
est difficile d'avoir aujourd'hui. Quoi qu'il en soit,
avec ou sans glorification, *La Ville* sera jouée.

1957-1967.

1. Lettre sur *La Ville* de notre confrère Jacques Tournier.
N'oublions pas que les garçons de *La Ville* ont aussi leurs
instants de mésquinerie et de moindre qualité.

L'ARTICLE QUI " LANÇA " « LA VILLE »

Voici l'article qui lança
La Ville dont le prince est un enfant.
Paru dans L'Aurore *du 7 novembre 1951.*

La Ville dont le prince est un enfant
PEUT-ELLE CHOQUER LES CATHOLIQUES
OU BIEN LES SATISFERA-T-ELLE ?

par Daniel-Rops
de l'Académie française.

La double question que formule le titre de cet article, je me la suis posée à moi-même avant que *L'Aurore* me demandât d'y répondre publiquement. Il va de soi qu'elle laisse hors de ma prise tout jugement littéraire sur l'œuvre, jugement qu'il appartiendra aux critiques de notre journal de porter.

Mais *La Ville dont le prince est un enfant*, brève tragédie aux accents raciniens, issue de la meilleure veine de l'auteur peut-être le mieux doué de tous ceux de notre âge, comporte, comme presque tout ce qu'écrit Henry de Montherlant, une signification qu'il serait absurde de limiter au cadre d'un bel exercice de style, une résonance à laquelle il est bien difficile, pour une âme tant soit peu exigeante, de ne pas faire écho. C'est un des privilèges de cet homme — un privilège dont on imagine assez ce qu'il peut comporter de secrètement douloureux — que d'aborder presque toujours des problèmes si graves et de les poser en termes si peu convenus que bien peu de lecteurs puissent les considérer avec indifférence.

Dans l'adhésion ou dans le scandale, un tel homme
s'affirme auprès de chacun.

UN THÈME DÉLICAT

Vue du dehors — comment ne pas l'avouer ? —
sa pièce récente, *La Ville*, peut parfaitement paraître,
à certains, scandaleuse. Ce n'est pas d'hier que le
thème des « amitiés particulières » dans les maisons
d'éducation fournit aux écrivains matière à des
développements qui, selon le tempérament, se nuan-
cent de complaisance égrillarde, de sévérité mora-
lisatrice, d'ironie ou d'attendrissement. Que, dans
La Ville, Montherlant ait choisi de situer son drame
dans ce cadre peut évidemment prêter à toutes les
équivoques. L'histoire d'une de ces « amitiés » entre
un adolescent de seize ans et un gamin de quatorze,
et l'intervention entre eux d'un maître aux arrière-
plans psychologiques obscurs, on voit assez comment
une certaine grossièreté pourrait y trouver son
compte. Seulement, ce n'est que vue du dehors et
résumée à traits affreusement schématiques, que *La
Ville* peut être ramenée à cela. Et il faudrait plaindre
quiconque, lisant ces trois actes nerveux, où jamais
il n'est fait appel à la trouble sensiblerie, n'y trou-
verait que le banal récit d'amours suspectes entre
des potaches et un de leurs prétendus éducateurs.

AU-DESSUS DE L'AMOUR CHARNEL

La vérité est que, dans le déroulement du drame,
apparaissent des données d'une noblesse extrême et
que nul ne peut manquer de sentir telles pour peu
qu'il ait lui-même le sens d'une certaine grandeur.
Les jeunes êtres qui y sont peints se trouvent exactement en ce moment sublime où le petit homme,
ayant cessé d'être tout à fait un enfant, n'est pas

encore atteint par les compromissions et les dégra-
dations de la vie adulte, où les notions de grandeur,
de dévouement, de sacrifice touchent chez les meilleurs à d'insurpassables sommets. Si la passion in-
tervient au long de ces trois actes, c'est sur un plan
qui dépasse le plan de l'amour charnel, et dans l'at-
tirance qu'éprouve un maître pour un jeune élève,
ce que Montherlant fait reconnaître c'est, bien plus
profond qu'une inclination morbide, cet « amour
qui est plus que l'amour des pères », dont tout véritable éducateur a éprouvé la déchirante violence.
Et, dans le déroulement même de la pièce, le ressort
n'appartient ni à la passion charnelle, ni à ces sentiments mesquins de jalousie et de rancœur dont tant
de dramaturges font un si énorme usage, mais une
intention de dépassement, une volonté d'immolation,
qui justifie pleinement le mot de « tragédie du sacrifice » dont l'auteur lui-même qualifie son œuvre.

EN FACE DE L'ALTERNATIVE

Humainement parlant, je dirais presque « laïque-
ment parlant », *La Ville dont le prince est un enfant*
me paraît donc comporter une si authentique signification de grandeur que la flamme en brûle et purifie
tout ce que le sujet peut comporter d'apparemment
suspect. Cependant un point d'interrogation demeure,
qu'on ne saurait éluder. La pièce se situe dans un
collège catholique. Et l'on sait qu'Henry de Montherlant, l'ancien élève de Sainte-Croix de Neuilly, a
pris loyalement la position d'un non-croyant, d'un
homme qui se situe en dehors de l'Église et de son
obédience. Des catholiques ne seront-ils pas enclins
à voir, dans sa nouvelle œuvre, une machine de guerre
sournoise contre l'Église et ses méthodes d'éducation,
à un moment où la politique en pose la question avec
l'ardeur qu'on sait ? C'est sur ce point exact qu'un
écrivain catholique réfléchissant sur cette pièce, peut

se sentir engagé en conscience. Cependant, celui qui signe ces lignes, si on veut le placer en face de l'alternative « accepter ou se scandaliser », tout bien pesé, optera pour le premier terme.

Formellement, d'abord, on peut dire que ce qui, dans la pièce, peut paraître à certains équivoque ne porte en rien atteinte au principe de l'éducation chrétienne : n'importe quelle maison d'éducation a connu et connaîtra sans doute toujours de tels problèmes. D'autre part, le personnage le plus inquiétant, le maître qui se laisse emporter par une passion dont il faut bien penser qu'elle n'est pas seulement pédagogique, l'abbé de Pradts, est présenté par l'auteur, expressément et même dramatiquement, comme un prêtre qui n'accède pas au plan surnaturel, qui jamais, pas une seule fois au cours des trois actes, ne prononce le nom de Dieu, et qui, en somme, ne vit que sur la terre. Ce n'est donc pas le véritable éducateur-prêtre que Montherlant a voulu mettre en cause, et la preuve en est donnée par le supérieur, dont le rôle, totalement chrétien, est non seulement au-dessus de tout reproche, mais a une puissance admirable de rayonnement et d'exemple.

« A GÉNOUX! »

Respectueux, donc, de l'homme d'Église au point de faire sentir qu'à l'instant même où il cesse d'être fidèle à la Grâce il s'expose aux pires abîmes, Montherlant en plaçant sa pièce dans un de ces collèges catholiques dont il avait l'expérience n'a en rien voulu le diffamer. Bien au contraire. Certains s'étonneront peut-être de lire, dans la préface qu'il a composée pour sa pièce, qu'il l'avait écrite « à genoux ». A tout esprit de bonne foi, cependant, il apparaîtra qu'il y a, tout au long de ces trois actes, un respect, une ferveur, une sorte de tremblement de l'âme qui viennent du plus profond de l'homme qui les exprime. Écarté de l'Église, Montherlant, visiblement, ici, témoigne d'une fidélité intacte à son enfance, à ce qu'elle peut garder en lui d'inentamé, et aux maîtres qui l'ont dirigée. Vraie au sens humain du terme et, en ce sens, catholique, car pour un catholique véritable, tout ce qui est vrai, et cela seul, entre dans sa conception du monde, cette pièce est aussi catholiquement vraie parce qu'elle respecte les hiérarchies authentiques, donne leur vraie place aux exigences de la conscience et laisse à la grâce son rôle décisif dans les destins humains. L'intention la plus profonde que semble bien avoir eue Montherlant en écrivant *La Ville* est celle-ci : bien loin de diffamer les maîtres de sa jeunesse, faire sentir qu'une certaine hauteur de sentiments, un certain appel de l'âme à soi-même, une certaine noblesse jusque dans les déchirements de la passion, ne sont possibles qu'autant que la foi leur sert de base. Tout cela, pour un homme qui se veut éloigné de l'Église, ne manque ni de courage ni de beauté.

« *La Ville* peut-elle choquer ou satisfaire les catholiques ? » demandait notre titre. Il faudra certainement être profondément catholique pour accepter cette pièce et en entendre toutes les véritables résonances. Mais ma conviction, quant à moi, est faite : ne la jugeront scandaleuse que les pharisiens.

DEUX MÈRES LISENT
« LA VILLE DONT LE PRINCE
EST UN ENFANT »

par

MARGUERITE LAUZE et JEANNE EICHELBERGER
(1952)

*Pour présenter ces pages, comme on me le demande,
il me suffira de signaler ce qui fait leur unité. Madame
Marguerite Lauze et madame Jeanne Eichelberger,
qui ne se connaissent pas, qui ne se sont jamais ren-
contrées, sont toutes deux originaires de la même région (l'une d'Alès, l'autre de Nîmes) ; toutes deux ayant
élevé, seules, un fils unique ; toutes deux professeurs
(l'une dans les lycées de Jeunes Filles, l'autre à l'Alliance Française de Paris) ; toutes deux nourries dans
le christianisme (l'une protestante, l'autre catholique).*

*Ces coïncidences ajoutent quelque intérêt, me semble-
t-il, au fait de voir des femmes juger une pièce comme
La Ville, et des mères un ouvrage où les mères sont
souvent évoquées par mes héros avec, disons-le, peu
de respect. Mais la sensibilité féminine, lorsqu'elle est
vive, et c'est le cas ici, peut entrer dans une œuvre de
cette nature mieux que ne le font la plupart des hommes.
Au moment où l'abbé de Pradts est saisi de ne pas
reconnaître dans le chœur la voix du petit Souplier, de
premier jet je lui avais fait dire : « Est-ce qu'il est puni ?
Est-ce qu'il est malade ? » Ensuite je changeai l'ordre
de ces deux interrogations, parce que la tendresse qui
parlait était de telle nature qu'elle devait avoir une
réaction maternelle, et la réaction maternelle, dans cette*

*circonstance, était de penser d'abord à la maladie.
Des femmes délicates sont sensibles à de pareils traits.
Elles se retrouvent où elles ne s'attendaient pas, elles
en sont touchées, elles s'en interrogent ; elles percent aisément cet abbé de Pradts, et comprennent, sans lui
en vouloir, le pourquoi de son animosité pour les mères ;
enfin elles pénètrent quelque peu dans ces histoires de
garçons, lesquels après tout sont leurs fils, histoires
qui leur étaient le plus souvent de telles ténèbres, et où
elles s'irritaient d'errer à tâtons, aveugles parmi les
aveugles. Voilà peut-être ce qui explique l'intérêt porté
par les femmes à* La Ville dont le prince est un enfant,
*et leur sympathie même pour cette œuvre : intérêt et sym-
pathie dont les deux essais joints ici apportent des
marques très vivantes.*

H. M.

Novembre 1951.

LECTURE DE « LA VILLE »

par Marguerite Lauze.

A cette question : « Quelle pièce de Montherlant préférez-vous ? » je réponds invariablement : « C'est toujours celle que je suis en train de lire. » C'est que, dans chacune, des êtres si riches de vie ont surgi qu'ils prolongent et enchevêtrent leur présence dans notre mémoire et notre cœur. On ne les quitte plus. On ne les sépare pas non plus. Par leur foyer intérieur commun, et malgré leurs dissemblances multiples, ils appartiennent tous à une « même famille d'âmes ». Ceci m'apparaît avec une force plus rigoureuse encore après la lecture de *La Ville dont le prince est un enfant*, cette « brève tragédie aux accents raciniens », comme l'a appelée Daniel-Rops. Ici, sur quatre personnages principaux, trois sont embrasés d'une passion que la morale tolère mal [1]. Deux d'entre eux sont encore des enfants. Ces garçons (quatorze et seize ans), déjà par nature d'une netteté extrême, d'une qualité d'âme exceptionnelle, sont grandis par leur passion et vont par elle aller jusqu'à l'abné-

---

[1]. Puis-je me permettre ici un *distinguo?* L'amour de l'abbé de Pradts est l'amour-passion, nuance féminine et nuance maternelle. L'amour de Sevrais est tout viril ; c'est l'amour grave, tel qu'on le rencontre rarement dans les relations entre hommes et femmes ; Sevrais a de la sagesse, l'abbé non. — H. M.

gation. Même le moins haut des deux, Serge Souplier,
ne pourrait-il pas être ce fils que Georges Carrion
aurait voulu avoir dans Gillou? Quand Georges
disait à Marie : « Oui, oui, oui, nous le savons, c'est
un enfant parfaitement sain! Si au moins il ne l'était
pas! S'il avait une passion! (...) Mais il est lisse et
sur ce lisse en vain je cherche à m'accrocher : je
glisse et n'accroche pas », il savait bien, cet intransi-
geant sur la qualité des êtres, qu'une passion n'altère
pas un métal pur : elle est au contraire la patine
précieuse qui le protège.

La Ville, œuvre brûlante et pourtant pleine d'équi-
libre et de tenue, me paraît, elle, être, dans le tout
qu'est le Théâtre de Montherlant, cette patine chaude
et sobre qui met en relief tous les détails d'une archi-
tecture impeccable.

Dans l'Épître-Préface de *La Ville dont le prince
est un enfant*, M. de Montherlant a appelé sa pièce
une « tragédie de palais ». D'aucuns diront : « *tragédie*
est un peu excessif : il ne s'agit ici que de deux collégiens renvoyés de leur collège, et de peines de cœur ».
Mais ces deux drames conjugués ne sont-ils pas de
ceux qui peuvent marquer très profondément des
adolescents à la sensibilité vive? « Palais » évoque
bien ce qu'est ce collège : un lieu clos plein d'intri-
gues et de conflits d'âmes, dont les profanes sont jalousement et dédaigneusement exclus : le palais de
Britannicus et un peu le sérail de *Bajazet*. Le mot
« tragédie » convient aussi à ce qu'il y a de foncière-
ment classique dans le théâtre de Montherlant. Ici,
la stricte unité de temps, sinon tout à fait de lieu :
un acte par vingt-quatre heures. Pièce psychologique,
où les caractères toujours prennent le pas sur les
situations, où des personnages imprégnés de catholicisme, mais aussi de Cicéron et de Tacite, de Racine
et de Corneille, expriment en des termes tour à tour
choisis, brûlants ou simples le trouble de leur âme.
Pièce d'où toute facilité est bannie (« mouvements
de foule » des collégiens et scènes amusantes de la

vie de collège ; scènes satiriques... Comme le sens de
l'humour de l'auteur eût cependant été comblé,
s'exerçant sur certains types de parents d'élèves!
Que de madame Peyrony et de madame Dandillot
auraient pu voir le jour!) pour se concentrer, et nous
concentrer mieux, sur quatre personnages « nobles »,
qui vont, malgré leurs faiblesses, atteindre parfois
l'héroïsme. Au-dessous d'eux, les deux comparses
indispensables de la tragédie : un confident médiocre
(Henriet), un affranchi cafard et traître (M. Habert).
Cette netteté de structure aux belles lignes antiques
me frappe comme elle m'avait déjà frappée dans les
deux précédentes pièces de Montherlant. Dans
l'atmosphère d'un collège parisien de 1951, il y a
transposition de *Cinna* ou *Britannicus*, comme avec
Celles qu'on prend dans ses bras une transposition
de *Bérénice* ou d'*Andromaque*, et avec *Demain il fera
jour* une transposition de Sophocle ou d'Euripide.

UN ORDRE

Le collège, qui est palais, est aussi un Ordre, cheva-
leresque et religieux. Et ceci m'apparaît un des deux
centres d'intérêt de *La Ville...* : elle est une pièce
d'amour, et elle met en scène un Ordre.
De cet Ordre, le supérieur est le Grand Maître ;
il arrive à la fin pour en restaurer l'intégrité, com-
promise par tous ; il sera impitoyable pour tous.
Sevrais est, à l'intérieur de l'Ordre, un « irrégulier » : le mot est dans le texte. Irrégulier dans son
collège, comme l'était Alban, du *Songe*, dans la
guerre. Il prend des libertés ; il est une des causes
de l'indiscipline dans l'Ordre. Cependant il ne cesse
jamais de se réclamer de lui et de chercher à le forti-
fier. Il l'aime, et avec quelle passion! « C'est le collège
qui est ma vie. » Fier, orgueilleux, intelligent, brillant, admiré de tous, il pèche, mais il veut garder
« de la tenue ». S'il est un ferment du mauvais genre

de la maison, il a une notion très vive de la morale particulière qui doit régenter ce mauvais genre, et la leçon qu'il fait à ce propos à l'abbé de Pradts est assez inattendue : « Je vois que vous ne connaissez pas toutes les règles de la Maison. Il est de règle ici qu'un petit ne doit pas aimer un grand qui ait une situation trop importante, parce qu'il aurait l'air d'y mettre du calcul. » Réaction cocasse cette fois, lorsqu'il s'écriera : « Si c'était moi qui dirigeais ce collège, je vous jure bien qu'il n'y aurait pas d'amitiés particulières. » A la fin, meurtri, dupé et chassé, son dernier mot sera pour prendre la défense de l'Ordre.

L'abbé de Pradts est l'ange rebelle de l'Ordre. Il commet le plus grand péché contre l'Ordre : il le renie, en faveur d'un seul : « C'est lui (Souplier) qui m'a permis de les *supporter* » (les autres élèves). « Que m'importe maintenant la pédagogie ! etc. » Dans ce manquement contre l'Ordre, combien je me réjouis, moi, que l'abbé de Pradts ne soit pas un pédagogue, mais un éducateur passionné de certaines âmes : celles qui peuvent s'ouvrir et s'élever. Ce qui ne l'empêchera pas de dire, quand Sevrais sera renvoyé : « Du moins est-il parti bien marqué du sceau de la Maison. » Oublie-t-il à cet instant que le sceau qui marque Sevrais est plus celui, caché dans le fond de son cœur, d'une amitié ardente, que celui de la soumission à l'Ordre ? Feint-il de l'oublier ? Comme Sevrais, il continue de soutenir un certain ensemble moral dont cependant il s'est exclu.

Cette notion d'Ordre fait l'unité entre *La Ville*, *Le Maître de Santiago* et *Port-Royal*, troisième *auto sacramental* inconnu encore, mais dont le sujet seul nous permet d'imaginer les thèmes. Dans les trois pièces, l'Ordre est plus ou moins menacé. L'abbé de Pradts parle des collèges catholiques comme de lieux où est préservée une certaine morale-culture infiniment précieuse, mais que menacent de plus en plus des forces adverses. La décadence de l'Ordre de

Santiago est le motif central du *Maître*. *Port-Royal*...
je n'insiste pas. Dans les trois pièces, aussi, la réforme
de l'Ordre est entreprise ou projetée.

L'atmosphère sublime de la chevalerie est recréée
dans *La Ville* par l'épisode du « mêlement des sangs »,
ce « huitième sacrement ». Et avec quelle justesse
dans le ton, l'émotion et la sincérité ce serment est
fait entre ces deux enfants : « Et moi (Sevrais) je
fais aussi le serment que jamais, dans mes relations
avec toi, je ne chercherai mon intérêt ; seulement le
tien. » « Et moi, (Souplier) ce que je veux, c'est que
jamais il ne te vienne une déception à cause de moi.
Une peine, peut-être. Mais pas une déception. » Le
serment des chevaliers pouvait être plus solennel,
il ne pouvait pas être un don plus absolu. Mais l'atmosphère belliqueuse revit aussi. L'animosité de
l'abbé de Pradts pour « la maison d'en face », sans
doute les collèges des Jésuites, nous rappelle les
rivalités souvent sanglantes entre Ordres militaires,
les Templiers et les Hospitaliers par exemple. Enfin,
la violence et la hauteur des sentiments dans *La
Ville* ont aussi ce caractère excessif qu'on prête aux
sentiments des Ordres chevaleresques, et par là nous
ramènent à la morale des samouraïs et aux « nouvelles chevaleries » du *Solstice de Juin*, ainsi qu'aux
sentiments intransigeants et extrêmes de ce *nô* sa-
mouraï qu'est *Fils de personne*.

La notion d'Ordre est chez Montherlant, depuis le
collège, une obsession dont il a fait un des grands
thèmes de son œuvre : Ordre du collège, Ordres de
chevalerie, Ordre religieux, et même, — vingt citations en témoignent dans ses premiers livres, — le
sport et la guerre conçus comme des Ordres. Mais
ce qui est étrange, c'est que cette obsession de l'Ordre
soit née bien plus de son exclusion d'un Ordre, que
de son intégration à lui. Dès son renvoi de l'École
Sainte-Croix, dont il avait « fait sa chose et son
amour », il conçoit *La Ville* et en écrit même quelques
scènes. L'année d'après, *L'Exil* — première pièce,

qui porte en puissance toute la richesse des autres —
est l'histoire d'un jeune homme qui vient d'être
« exilé » de l'Ordre du collège, et que sa mère « exile »
en outre de l'Ordre de la guerre. Depuis, la chaîne
s'est allongée de ces exilés d'une patrie privilégiée,
qui ne change qu'en apparence, qui demeure toujours
une patrie où les êtres seraient de qualité. *La Relève
du matin* reprend le thème très voisin de la nostalgie
du collège quitté (« Alors ces enfants de dix-sept ans
comprirent ce que c'était que le passé, et ils enfermè-
rent dans leur cœur, pour jusqu'à la mort, le souvenir
de cette époque où ils avaient vu, entre les quatre
murs d'une boîte à potaches, descendre sur la terre
le royaume des âmes ») ; le *Chant funèbre pour les
morts de Verdun* le thème de la nostalgie de la guerre
quittée. Dans *Les Olympiques* (fin du dialogue *Les
Onze devant la Porte Dorée*), de nouveau, c'est le héros
qui s'exile lui-même de l'Ordre du sport : avec quel
lyrisme jeune et... disproportionné! Malatesta se
lamente d'être exilé de l'Église, au sein de laquelle
il veut désespérément rester, tout en lui jouant les
pires tours : on pourrait dire de lui qu'il est, comme
Sevrais, fidèle dans l'infidélité. C'est donc *La Ville* —
quand Montherlant rêvait d'elle à dix-sept ans —
qui était le germe d'où est sortie cette longue suite de
créations uniformes. La psychologie, ou la psychanalyse, — soyons à la mode! — aurait beaucoup à
dire sur la force de l'impression reçue par une âme
d'adolescent à la fois généreux, frondeur et sensible, et qui s'est marquée en lui pour toute la
vie [1].

---

[1]. Sur tout cet aspect de notre sujet on lira avec fruit non
seulement, bien entendu, *Les Enfances de Montherlant* de
J.-N. Faure-Biguet, indispensables (Lefebvre, édit.), mais
l'appendice à la *Vie de Malatesta*, de M. M. Martin (Édit.
du Conquistador).

ORDRE ET FAMILLE

Les éducateurs, qu'ils soient laïcs ou religieux, c'est un fait bien connu, supportent mal les parents de leurs élèves. Si ces parents négligent l'éducation morale de leurs enfants, ils les blâment et leur mépris pour eux est grand. Si les parents, avec plus d'attention, dirigent leurs enfants, les maîtres se cabrent, craignent que cette influence familiale contrecarre la leur. De là antinomie. Dans le collège de l'abbé de Pradts, le problème s'élève plus encore et c'est la question *Ordre contre famille* qui se pose.

Tout Ordre rejette au second plan la famille : pères et mères sont tenus à l'écart dans *La Ville* — cette ville interdite — autant qu'ils l'étaient dans les livres de guerre et de sport de Montherlant, et que le sont les enfants par le Maître de Santiago. Les enfants de *La Ville* ont, le plus naturellement du monde, la hauteur d'âme et de sentiments des rois et des princes. Les prêtres et eux composent ici un monde « noble », les parents, non, et c'est sans doute pourquoi l'auteur a exclu ceux-ci de sa tragédie. Le supérieur dit à l'abbé de Pradts : « Il ne faut jamais pousser un enfant contre ses parents. La partie nous est trop belle. » Mais il dit aussi : « Je ne sais s'il est possible de réussir une éducation hors des cas extraordinaires, tant la famille met d'obstacles, pour l'ordinaire, autour de l'enfant le mieux disposé. » Quant à l'abbé, il ne cesse de témoigner son dédain pour les parents d'élèves. Mais comment les supporterait-il seulement, quels qu'ils soient, dans son désir d'exclusive influence ? Les enfants élevés à pareille école partagent bien entendu ces idées : les citations de Souplier et de Sevrais, en ce sens, seraient si abondantes qu'on préfère y renoncer. Cependant, en toute impartialité, on peut noter que ces réactions ne sont pas spéciales à ce collège. L'auréole des

« maîtres » partout fait pâlir celle des parents, même des meilleurs. Ce qui est plus surprenant c'est la nuance de respect (vertu si périmée!) qui est chez ces deux garçons lorsqu'ils parlent des prêtres et même lorsqu'ils s'opposent à eux. Respect, et aussi franchise, loyauté. Souplier proclamera que cela lui est égal de mentir à son père, mais non à l'abbé, et, à propos d'une indiscrétion commise par l'abbé, il dira : « Si je l'avais dit à mon père, il aurait été se plaindre au supérieur, et il aurait eu raison. Mais je ne veux pas cafarder de Pradts. » Souplier pleure vraiment avec l'abbé de Pradts ; avec ses parents il « fait semblant ». Le prêtre est le « maître des larmes » (il s'en vantera, avec une suffisance qui serait pénible si lui aussi, à son tour, ne trouvait le maître de *ses* larmes) ; les parents ne le sont pas.

Cette disposition est encore plus frappante chez Sevrais. Le loyalisme de Sevrais à l'égard de l'abbé de Pradts est comme la colonne vertébrale du drame. C'est ici que ce terme d' « irrégulier » appliqué à Sevrais me paraît discutable. Aimerait-il l'irrégularité plus dans l'extérieur que dans le profond ? Oui, sans doute, puisque les règlements les plus stricts du collège, il désire qu'ils soient respectés. Et, si sa soumission à l'abbé de Pradts est influencée par le prestige personnel de celui-ci, elle est surtout apportée à un des chefs spirituels de ce collège, mainteneur de l'ordre. Il y a loyalisme dès le début, dès que l'abbé l'a attaqué du haut de sa chaire. Sa venue rapide dans le cabinet de l'abbé de Pradts ; sa riposte fière, directe, désintéressée ; son sacrifice qu'il offre ; son geste de confiance. A la vérité, en ce moment-là, il est aveugle : il ne voit pas que l'abbé lui tend un piège. A sa mère qui lui dit que l'abbé est jaloux de lui, il répond que « ce sont bien là des idées de femme », et son indignation est sincère. Bien plus, au camarade qui lui demande : « Tu as dit à ta mère que de Pradts chouchoutait Souplier ? » il réplique : « Non, bien sûr. J'ai glissé là-dessus. » Une fois pourtant, il semble pressentir la vérité. Quand il apprend par Souplier que l'abbé, qui encourage maintenant leur amitié, dit cependant du mal de lui à l'enfant, il s'étonne : « Alors, pourquoi favorise-t-il nos relations ? Il y a là quelque chose qui m'échappe. » Ce n'est qu'un éclair de doute. Son aveuglement et son loyalisme reprennent le dessus, à nouveau il défendra celui qui le trompe, et son dernier mot à Souplier, avant que l'abbé ne les surprenne dans la resserre, sera : « Et surtout, sois très gentil avec de Pradts. »

Enfin, quand l'abbé lui annonce son renvoi, non seulement il accepte, mais, comble d'abnégation, il justifie ce renvoi devant le surveillant, M. Habert, et feint de ne pas comprendre quand celui-ci traite l'abbé d'agent provocateur. Oui, cette fois, il *feint*, car, si Sevrais était aveugle avant son renvoi, depuis il ne l'est plus. Il est pleinement conscient du manège de l'abbé de Pradts quand il prend finalement sa défense : « J'ai été maintes fois pris en faute pour ceci ou pour cela, mais on m'a toujours laissé faire, on ne m'a jamais puni. Pourquoi cette fois-ci ? » Et encore : « Vous, vous fermez les yeux, et puis, quand il vous plaît, vous les rouvrez. » Pas de doute : c'est sachant l'abbé de Pradts coupable envers lui qu'une dernière fois, devant M. Habert, il cherche à l'innocenter.

Mais ce n'est pas absolument le bloc collège et le bloc famille que l'on dresse l'un contre l'autre. M. Habert, du bloc collège, est aussi de ceux que l'on tient à l'écart. Le fait est là : c'est l'abbé de Pradts, et lui seul, que les deux garçons soutiennent et à l'occasion protègent.

L'AMOUR DANS *La Ville*

En deux ans, Henry de Montherlant a mis sur la scène l'amour d'un homme de cinquante-huit ans, puis l'amour d'un garçon de seize ans. On dira peut-être : alternance. On pourrait dire, tout simplement, que personne aujourd'hui chez nous ne sait mieux créer des personnages vivants de tout âge et de tout sexe, que ce prétendu narcissiste penché sur moi. La justesse du dialogue des deux jeunes garçons, écrit par un homme de cinquante-cinq ans, n'est pas un des moindres sujets de surprise de *La Ville*, et aussi un de ses moindres attraits.

Il y a aussi l'homme de trente-cinq ans. L'homme dont l'auteur a voulu qu'il ne fût pas un jeune homme, qu'il fût dans la pleine maturité de l'âge, pour que son égarement en fût plus terrible... et sa passion plus profonde. L'abbé de Pradts vient augmenter cette troupe déjà nombreuse d'êtres brûlés par l'amour, qui errent et se lamentent dans l'œuvre de Montherlant : Andrée Hacquebaut, Auligny, Ravier, mademoiselle Andriot, Pasiphaé peut-être...

J'ai lu plusieurs articles sur *La Ville* et j'en ai parlé avec beaucoup de personnes. Très rares sont celles qui regardent en face le sujet. On ne veut pas voir que ce sujet est l'amour et uniquement l'amour. Bien plus, nombreux sont ceux qui ne veulent pas voir que, dans l'un des deux cas, cet amour comporte ou plutôt a comporté des actes. Cela est répété à maintes reprises par les personnages, et d'ailleurs cela est la base de l'intrigue, puisque l'intrigue repose sur le sacrifice que fait Sevrais de ces actes. N'importe, on ne veut pas le voir. On veut bien accepter et même porter aux nues la pièce, car M. Daniel-Rops a dit que quiconque ne le ferait pas serait un Pharisien!... Mais voir exactement ce qu'il y a en elle, cela, non, c'est trop.

Pendant les premières répliques de *La Ville* entre l'abbé de Pradts et Serge Souplier, au cours de cette exposition comme impalpable (souvenons-nous de la lourdeur et de la gaucherie de l'exposition de *Fils de personne*!), on peut quelques instants se tromper sur la nature du sentiment de l'éducateur pour son élève. Soudain le voile se déchire, l'on voit clair : il a suffi d'une phrase, exactement de trois mots. « Je sais ce que me cachent les murs derrière lesquels vous disparaissez. »—« Qu'est-ce qu'ils vous cachent ? » — « Je ne sais... » L'homme, emporté par ses soup-çons passionnés, devant une question précise, doit reconnaître leur folie ; il se reprend, mais il est trop tard : trois monosyllabes, et nous avons compris. On songe à la rapidité fulgurante et éclairante de certains mouvements dans Racine.

« Je crois à l'être humain ! » criera l'abbé de Pradts. Mais il y croit surtout quand il s'agit de Souplier. Sa « folie des âmes » est surtout la folie d'*une* âme.

Disons-le tout de suite : cet amour, puisqu'il faut l'appeler par son nom, est une passion, mais une passion honnête. Cette honnêteté nous est affirmée à trois reprises. Une fois par la bouche du supérieur, une fois par la bouche du surveillant, une fois par la bouche de l'abbé lui-même, et avec un accent qui ne trompe pas (« l'affection que j'avais pour cet en-fant... elle qui était si propre... ce qu'il y avait de meilleur en moi... »). Aucune équivoque n'est possible

Qu'il soit chez l'abbé ou chez Sevrais, ce sentiment exclusif, dévorant en eux tous les autres, c'est bien l'amour pourtant. Un amour qui ne dit pas son nom, simplement parce qu'il est l'amour. D'ailleurs, Sevrais nous a prévenus que dans ce collège règne la litote. Si on n'y prononce pas le nom de Dieu, c'est parce qu'on n'y pense pas à Dieu, mais si on n'y prononce pas le nom de l'amour, c'est parce que cela *ne se fait pas*. Les délicates périphrases dont on use pour éviter le mot trop fort ou trop vulgaire, abondent : on « s'intéresse à... », on « s'occupe de... », on a une « amitié », un « dévouement », un « attachement », un « apostolat », une « préférence ». Quand Sevrais se déclare à Sou-plier, cela se fait par deux phrases qui pourraient servir d'exemple classique de litote dans une grammaire : « Je sais bien que tu te fiches de moi. »—« Non, je ne me fiche pas de toi » ; ils disent cela, et ils ont tout dit. Sevrais n'appelle jamais Souplier par son prénom, mais par son nom de famille ; sur ce point aussi il faut restei dans la stricte habitude des collégiens. Lorsque Henriet parle à Sevrais de son sentiment, et l'appelle de l'amour, Sevrais, avec fougue, bondit : il ne refuse pas seulement le mot, il refuse la chose : non, ce n'est pas de l'amour, il méprise l'amour, etc. etc. Quant à l'abbé de Pradts, c'est seulement à la fin, dans le déchirement qu'on lui impose, et sous le coup de cette émotion, qu'il prononcera pour la première fois de la pièce le nom de Dieu et qu'il lâchera aussi pour la première fois le mot « aimer ». (« Il n'y a que la mort pour avoir le droit de vous enlever ce qu'on aime ainsi. ») Et lui qui, précisément, recommandait la litote, de quels excès de langage ne sera-t-il pas capable, lorsque ce sera lui qui sera touché! Mais peut-on être mesuré au sommet de la douleur?

Cet amour semble n'être, ni de la part de l'abbé de Pradts, ni de la part de Sevrais, ni de la part de Souplier, l'objet d'une réprobation morale particulière, et ceci est assez remarquable pour qu'on s'y arrête. Pour quelles raisons précises Sevrais offre-t-il, dès la scène III de l'acte I, de rompre avec Souplier? Suivons mot à mot le texte d'un écrivain qui n'écrit rien que mûrement réfléchi. « Je ne puis pas supporter que vous jugiez que mon influence sur Souplier contrarie la vôtre » est l'« attaque » de Sevrais. Puis : « Même si cette influence (la sienne) n'est pas mauvaise, cela fait trop d'influences : j'ai peur que, sans le vouloir, nous lui fassions tous du mal. Et puis, je lui prends peut-être du temps dans son travail. » La probité seule dicte la première des raisons données. Ensuite on évoque « le mal », mais ce mal n'est pas celui que peuvent faire plusieurs influences qui tiraillent un individu : la question morale n'est pas en jeu. Enfin la dernière raison est plus significative encore. Pourquoi rompre? Parce qu'une liaison détourne peut-être (encore n'est-ce pas sûr!) une partie du temps que le jeune garçon devrait consacrer à ses études. Et quand, à la scène suivante, c'est à son ami même qu'il expliquera les

motifs de sa décision, ce sera en termes aussi mesurés :
« J'ai pensé que j'avais été pour toi une occasion de
désordre. »

Souplier est plus modéré encore. Mais ses paroles
sont aussi une soumission absolue à la volonté de
Sevrais. Sevrais en a décidé ainsi, donc, c'est bien.
Quand Sevrais lui annonce le changement qu'il va
apporter à leurs rapports : « Moi, je serai avec toi
comme tu voudras que je sois. Si tu crois que c'est ce
qui est le mieux... » Bien plus, au moment du « mêlement des sangs », c'est le petit qui veut qu'il soit fait
« aussi pour le passé », c'est-à-dire pour l'époque où
leurs relations n'étaient pas pures. Et à l'interrogation
de Sevrais : « Est-ce que tu as du remords du passé ? »
il fait cette réponse, si belle : « Non. Pas avec un type
que j'aime. » Sevrais, lui, questionné s'il a du remords
de ce passé, réplique : « Il faut bien... » ce qui, reconnais-
sons-le, ne témoigne pas d'une conviction bien ardente.

Et l'abbé de Pradts ? Dans tout le premier acte, qu'il
parle à Souplier ou qu'il parle à Sevrais, ses considéra-
tions sur l'enfant ne touchent jamais cependant à la
nature de l'amitié des deux garçons. Il fera même de
celle-ci, à un moment, le plus beau des éloges : « C'est
sans doute la dernière fois de votre vie que vous aurez
une liaison aussi désintéressée. » La « dégringolade » de
Souplier n'est jamais présentée comme une conséquence
de sa légèreté, de sa paresse, de son indiscipline, etc.
Si Dieu n'est jamais évoqué, le *péché* ne l'est pas
davantage.

Tout cela changera quand le supérieur entrera en
scène. Nous entendrons un autre langage...

M. de Montherlant a affirmé bien des fois que dans
ses œuvres dramatiques il ne prétend rien prouver.
Que démontre *La Ville* ? Rien. Le supérieur et l'abbé
se heurteront, mais à aucun moment ne semblera même
s'esquisser un débat de principe sur les amitiés particulières. L'abbé, dans une exaltation douloureuse,
libère toutes les raisons d'un cœur passionné. Le supérieur tient, sans dureté, le langage d'un directeur

d'établissement scolaire croyant et scrupuleux. La règle veut que celui des deux interlocuteurs qui dit le dernier mot (et dont le commentaire est le plus abondant) soit celui qui représente le plus la pensée de l'auteur. Montherlant serait donc plutôt avec le supérieur. Sevrais lui-même, le « coupable », ne laissera-t-il pas échapper ce mot curieux que nous avons déjà rapporté : « Si c'était moi qui dirigeais ce collège, je vous jure bien qu'il n'y aurait pas d'amitiés particulières ; ce serait comme chez les Jésuites : pas de ça ici! » La malédiction contenue dans le titre de la pièce doit-elle être prise au mot? Dans la préface, l'auteur est indulgent pour l'abbé, de qui « les ténèbres n'excèdent pas ce qui est normal dans une passion », mais il approuve nettement le supérieur.

Et pourtant si, le livre refermé, une impression se dégage, c'est que l'amour que l'on voit ici est d'une qualité plus sûre, plus noble, en un mot, meilleure que celle de l'amour décrit par Montherlant dans d'autres ouvrages, pièces et romans. L'amour du conteur de *La Petite Infante de Castille* est un « béguin », et comme tel est fugace. Costals est un roué ; Ravier, devant la pureté d'une jeune fille, trouve des mots d'exquise tendresse, mais il caresse et griffe alternativement et, quand il griffe, c'est avec méchanceté. Le tendre Auligny lui-même (de *La Rose de sable*) se révolte contre sa Bédouine, Mais on n'imagine pas un instant ni Sevrais ni l'abbé voulant du mal à Souplier. Ces deux « rivaux » se rejoignent dans l'intensité et la qualité de leur passion. Ils sont au fond de la même race et c'est en cela, aussi, qu'est le pathétique de cette pièce. Montherlant a-t-il voulu éclairer ses pages des *Jeunes Filles* sur les deux sexes qui « ne sont pas faits l'un pour l'autre » ? Ou bien donner une illustration nouvelle à son éthique de toujours, qui est « morale » lorsqu'il s'agit des garçons, et « immorale » lorsqu'il s'agit des femmes ? Ou bien l'impression qui se dégage vient-elle de la nature même du sujet, sans que l'auteur ait cherché à la faire naître ?

Nous penchons pour la troisième hypothèse, et voici pourquoi. Dans une note de son épître dédicatoire, Montherlant indique, sans les nommer, sauf un, (mais ils sont facilement reconnaissables), les romans qu'il a lus qui traitent du même sujet que sa pièce. Nous les avons lus nous aussi. Que ce soit dans *Antone Ramon* d'Amédée Guiard, dans *Le Cahier gris* de Martin du Gard, ou dans *Les Amitiés particulières* de Roger Peyrefitte, tout autant que dans *La Ville* l' « amitié particulière » apparaît invariablement comme un sentiment beaucoup plus élevé, beaucoup plus désintéressé, beaucoup plus pur que l'amour « normal » tel que nous le décrivent les romanciers. De même, il est invariablement opposé à la bêtise, à la médiocrité, quelquefois à la vilenie des parents et des éducateurs. Et aussi, invariablement traqué, et traqué toujours à tort. Y a-t-il là un poncif ? Les auteurs, inconsciemment ont-ils idéalisé leurs souvenirs d'adolescence ? Quoi qu'il en soit, le phénomène est très net, et c'est pourquoi nous ne pensons pas qu'il y ait une idée préconçue dans la peinture aimable et émouvante qui est faite de l'amitié de Sevrais et de Souplier.

Ce qui est curieux, c'est que public et surtout critiques semblent ne voir que le sublime du supérieur. Ils ne voient pas celui des enfants. Mais le supérieur, quand il parle, ne dit, après tout, que ce que dirait tout supérieur imbu de sa fonction. Tandis qu'il suffit de deux répliques de Souplier : « Je te pardonnerais » et « Fais-le, pour que je puisse te pardonner » (répliques dont je sais par H. de Montherlant qu'elles lui ont été dites dans la vie, et qui semblent sortir d'une chanson de geste) pour contenir, selon moi, un sublime beaucoup plus authentique, parce qu'il est celui de l'âge, et presque inconscient. Le public et la critique sont frappés surtout par deux points : le « tact » de l'auteur, et le « sublime » du supérieur. Ils paraissent ne pas voir les enfants, ni que leur amour est « sublime », ni enfin que tout cela est une pièce d'amour. En fait, s'ils le voient, ils ne le prennent pas au sérieux. Pour des cœurs sclérosés, que sont des amours enfantines même de qualité? Des feux de paille. Peut-être, par la durée. Par l'intensité, un feu qui prépare un être au don de soi dans la générosité.

Et, pour ces mêmes cœurs sclérosés, le « sublime » chez Souplier, mauvais garçon, ne rachète pas les notes exécrables, l'indiscipline, et le désordre des vêtements. Triple justification de ce que Montherlant n'a cessé de répéter : que les Français n'aiment pas les enfants, qu'ils ont horreur des sentiments élevés, et qu'ils sont de plus en plus fermés à l'amour-passion.

Je ne puis m'empêcher ici de me poser cette question : comment *les mères* vont-elles accueillir *La Ville* ? Elles n'y sont pas gâtées. Le clair-obscur qui les éclaire ne leur est pas indulgent. Cependant, je crois très sincèrement que ce sont *elles* qui au plus profond seront touchées par Souplier et Sevrais. Qui suivront le mieux, tour à tour, les méandres et la ligne droite de leurs âmes d'adolescents. Certaines, peut-être, penseront même : « J'aurais voulu que mon fils fût pareil à l'un d'eux. » Une vraie mère, avec son intelligence du cœur, son intuition, sa sensibilité pour tout ce qui touche son enfant, ne peut pas trouver mauvaise l'amitié ardente qui unit Souplier et Sevrais. Elle comprend elle aussi, comme l'abbé de Pradts — et c'est pourquoi elle n'en veut pas à ce dernier, — que cette passion est le creuset où se forme et s'enrichit l'âme de son fils. Non sans souffrance pour elle sans doute, car passer au second rang, pour une mère, cela est dur.

Ce sont les mères aussi qui, je pense, goûteront le plus les scènes entre les deux amis qui, à elles seules, mériteraient une étude minutieuse. Mais avec quelle excessive délicatesse il faudrait y toucher pour ne pas détruire cette « impalpabilité » qui est leur substance même. Dialogues d'une fraîcheur comme surnaturelle. Faits de mots toujours si simples pour exprimer des sentiments d'une gravité et d'une grandeur telles, que les adultes, eux, pour les exprimer tomberaient dans l'emphase.

STYLE DE *La Ville dont le prince est un enfant.*

Nous voici près de notre conclusion, qui sera de nous demander quelle est la valeur morale de cette pièce, surtout devant la doctrine chrétienne. Mais nous voulons auparavant faire quelques observations sur sa forme, dont nous n'avons encore rien dit ; et quelques commentaires spéciaux sur son troisième acte.

Jouhandeau a loué l' « austérité » de son style. Soit, si l'on entend par là l'absence de surcharge et de faux ornements : dans toute la pièce il n'y a qu'*une* image ; elle est presque de trop. Mais il faudrait parler surtout de sa simplicité, de son naturel, de sa parfaite adaptation à ce qu'il veut dire. Les élèves parlent comme des élèves parlent, les prêtres comme des prêtres parlent. Quelques mots d'argot, assez pour que le dialogue reste vrai, pas assez pour qu'il se démode. L'abbé de Pradts lui aussi ne craint pas de parler un langage volontier dru ; c'est un prêtre jeune, il a dû s'occuper de scouts, porter le baudrier. Rien du langage compassé, mielleux que certains écrivains aiment prêter aux abbés. La netteté du sentiment et la netteté de l'expression, qui sont une des caractéristiques de Montherlant, il les a données à tous ses personnages. Et c'est en partie à cause de cela que son œuvre, qui pourrait être trouble, ne l'est pas.

Mais cette langue si simple et si directe s'élève quand il le faut imperceptiblement, et c'est ici que nous nous trouvons devant le *proprium quid* du style de Montherlant dans son théâtre, et surtout dans son théâtre « en veston ». La simplicité dans l'action évoque Racine ; de même, devant certaines réussites de style, certains cris harmonieux, qui ont la simplicité du langage courant, et la grâce du vers, il est impossible de ne pas

songer à Racine. Quand l'abbé de Pradts dit de
Souplier : « Il pleure facilement, et semble aimer pleurer. On jurerait, quelquefois, qu'il aime aussi rougir. »
— « Maître de votre sort, comme je suis maître de
vos larmes. » — « Je priais à ma façon : la tendresse
aussi est une prière », ou quand le supérieur dit à l'abbé
de Pradts : « Je priais pour vous, d'une prière dont je
ne suis pas sûr que vous l'ayez jamais priée pour ce
petit », on reconnaît l'art racinien d'allier le naturel et
la noblesse par le moyen de l'harmonie. *Celles qu'on
prend dans ses bras* était une pièce pleine, elle aussi,
de ces bonheurs d'expression, mais ils parurent un peu
voulus, parce qu'ils sortaient de la bouche d'un anti-
quaire et de sa secrétaire, et, loin d'en savoir gré à
Montherlant, on lui en fit grief. Dans le « palais »
humaniste où se déroule *La Ville*, les voici tout à fait
à leur place. Nous sommes ici, ne l'oublions pas, dans
un « lieu privilégié », assez à l'écart du monde quotidien pour remplir les conditions que la préface de
Bajazet impose à la véritable tragédie.

LE TROISIÈME ACTE DE *La Ville.*

Le troisième acte de *La Ville* me paraît être, avec
le troisième acte de *La Reine morte*, ce que M. de
Montherlant a porté de plus fort sur le théâtre. Mais
le troisième acte de *La Reine morte* se présente dans le
volume avec d'incompréhensibles longueurs et lour-
deurs, et ne doit qu'à des coupures la plénitude qu'on
lui voit à la représentation. Au contraire, dans le
troisième acte de *La Ville*, les coupures « suggérées »
par l'auteur pourraient ne pas être faites si la pièce
était jouée. C'est du premier coup que cet acte atteint
sa forme accomplie. Il mérite une étude particulière.
On y trouve un exemple remarquable de double
ou de triple action, où l'efficacité est obtenue par la
répétition, avec des personnages nouveaux, d'une
même situation, cependant qu'une troisième fois cette

situation est évoquée, et semble se profiler dans le lointain, avec encore d'autres personnages. On verra, par une courte analyse, tout l'effet que Montherlant a tiré de cette invention dramatique.

L'abbé de Pradts rentre dans son cabinet où Sevrais l'attend. Il vient d'obtenir ce qu'il recherchait : Sevrais est renvoyé ; il l'a à sa merci. A peine la scène avec Sevrais est-elle terminée qu'entre le supérieur : il annonce que Souplier est renvoyé. Et la scène précédente va se reproduire, si l'on peut dire, à l'échelon supérieur, dans un mouvement identique, avec des réactions de l'abbé tantôt semblables à celles de Sevrais, tantôt différentes. Cette identité aussi bien que ces différences contribuent à créer le pathétique, soit qu'elles nous montrent l'égalité, dans la passion, du collégien de seize ans et de son « préfet », homme de trente-cinq ans, revêtu de la majesté sacerdotale, soit que les différences nous montrent invariablement l'homme mûr, le chef, le prêtre, plus faible et plus solidement tenu par sa passion que l'adolescent.

La force dramatique de ce dernier dialogue est de plus concrétisée par une très juste indication de scène voulue par l'auteur : « L'abbé désigne au supérieur son fauteuil de bureau. Le supérieur s'y assoit, et l'abbé s'assoit sur la chaise où se sont trouvés successivement, devant lui, Souplier et Sevrais. »

Dans *Les Amitiés particulières*, M. Roger Peyrefitte a éludé la conversation entre le supérieur et le prêtre coupable ; il s'en est tiré par un persiflage dédaigneux : « Tout finissait toujours par des prières, à ce collège. » La circonstance est différente dans *La Ville* : le prêtre n'est pas coupable et n'est pas renvoyé. Mais c'est malgré tout un prêtre et son supérieur juge qu'il risque d'être imprudent. Il lui inflige, donc, non une sanction mais une décision humiliante. A l'inverse de M. Peyrefitte, Montherlant a attaqué franchement a scène (c'est une des plus poignantes de tout son théâtre) et l'a traitée avec un évident respect pour les deux personnages qu'il y campe. L'accusateur est devenu l'accusé : l'abbé de Pradts est devant le supérieur comme Sevrais, il y a quelques instants, était devant lui. Le supérieur demande à l'abbé le même sacrifice que l'abbé vient de demander à Sevrais : renoncer à Souplier entièrement, totalement, et jusqu'à ce qu'il soit devenu un homme. Sevrais a répondu : « En dehors du collège, j'ai le droit de faire ce que je veux », et là-dessus l'abbé l'a menacé. Devant le supérieur, l'abbé se cabre de même : « Mon devoir s'arrête aux portes de cette maison », et là-dessus le supérieur le menace. « Ne vous interdisez pas l'avenir », a dit l'abbé à Sevrais (l'avenir situé à l'âge où l'enfant devient un homme) et Sevrais a rejeté avec impatience cette perspective : « Toujours des vies nouvelles! » Le supérieur marque cette même ligne à l'abbé, et l'abbé tranche : « Il sera trop tard. » De même que l'abbé a dit à Sevrais, au IIe acte : « S'il n'y avait pas de sensualité en vous... », de même le supérieur dit à l'abbé : « Vous avez aimé une âme, mais à cause de son enveloppe charnelle qui avait de la gentillesse et de la grâce. » Le « Comment ne m'a-t-on pas averti davantage (que ma religion prêtait à redire)? » de l'abbé répond au : « J'ai été maintes fois pris en faute, mais on ne m'a jamais puni ; pourquoi cette fois-ci? » de Sevrais. Les « tourments » que l'abbé cause au supérieur, par son manque de surnaturel, répondent aux « tourments » que Souplier, par tout son caractère insupportable, n'a cessé de causer à l'abbé. Et le supérieur, relevant l'abbé effondré, et s'accusant lui-même : « N'ai-je pas à me reprocher de ne vous avoir jamais mis en garde?... » répond à l'abbé relevant Sevrais : « Dirai-je, devant les piètres résultats obtenus autant par mon action que par la vôtre, que j'ai, moi, ce qu'il faut (pour être utile à Souplier)? » Ce parallélisme des deux scènes est si frappant que c'est l'abbé de Pradts lui-même qui le souligne, avec âcreté. Comme il vient de dire à Sevrais qu'une dernière rencontre entre lui et Souplier serait « trop mélodramatique », il va d'avance au-devant de l'objection qu'opposerait le supérieur à une dernière

rencontre entre lui et Souplier, et, sarcastique, repre-
nant ses propres mots, il dit : « Ce serait *trop mélodramatique*, n'est-ce pas ? »

Mais toutes ces équivalences d'attitude sont comme
fondues dans une grande et essentielle différence.
Devant l'épreuve qu'on lui impose, l'adolescent s'est
révolté d'abord. Sa révolte a été prompte, pleine de
colère et d'insolence. Puis, en un éclair, il a vu tout ce
qu'il allait perdre : un double amour : son collège et
son ami. C'est d'abord au collège qu'il a pensé. Quelle
ardeur douloureuse dans ses paroles : « ... je ne serai
pas avec mes camarades et avec le collège pendant la
plus grande fête de l'année, le collège continuera de
vivre sans moi! Et mon examen, pour lequel je m'étais
donné tant de mal! Et je ne jouerai pas Pyrrhus! »
Mais assez vite il a accepté. Il a seize ans, les sacrifices
sont à cet âge-là plus faciles que plus tard ; Sevrais
sait aimer, mais il aime aussi le courage, la générosité,
et son acceptation est un composé de tout cela. L'abbé,
lui, n'accepte pas, ou accepte de si mauvaise grâce que...
Lui qui, tout à l'heure, lorsqu'il imposait l'épreuve
au jeune garçon, badinait presque : « Ne prenez pas
au tragique... Tout ce qui est excessif est sans portée...
Ne soyez pas trop mélodramatique... », comme il se
débattra quand la même épreuve s'abattra sur lui,
comme il s'accrochera, comme il gémira! Comme, aux
larmes rapidement refoulées de Sevrais, succéderont
les sanglots!

Le parallélisme des deux scènes n'est pas fini. En
quelques phrases, une fois qu'il a mis à ses pieds Sevrais
et l'abbé de Pradts, le supérieur va nous montrer une
troisième *action*, où ce fut à lui, cette fois, que fut
imposée toujours la même épreuve. En quels termes
réservés il l'évoque! Une fois de plus triomphe la
litote. « J'ai eu moi aussi, au début de mon sacerdoce,
un dévouement (nous traduisons : un amour) trop
exigeant, pour une âme trop frêle, que j'ai fatiguée.
On m'ordonna de la confier à d'autres ; cela me parut
très dur ; je le fis. Sept ans après, le vieux confesseur

qui l'avait reçue étant mort, cette âme trouva tout simple de venir me demander conseil. Les risques avaient disparu ; je l'accueillis. » Les risques ? Le mot est prononcé. Ainsi donc le supérieur, lui aussi... Comme il arrive souvent chez Montherlant (les « sept ans de haine » de Ravier dans *Celles qu'on prend dans ses bras*), la révélation psychologique éclaire brusquement le passé.

La Ville SERT-ELLE OU NON LE CATHOLICISME ?

L'opinion unanime juge *La Ville dont le prince est un enfant* une des œuvres maîtresses du théâtre de Montherlant. Jusqu'à la parution de *La Ville* on tenait *La Reine morte* et *Le Maître de Santiago* pour ses deux chefs-d'œuvre dramatiques. Le verdict va-t-il être un peu changé maintenant, et va-t-on compter trois chefs-d'œuvre au lieu de deux ? *La Ville* nous paraît avoir sur *La Reine morte* la supériorité d'être entièrement du fond de Montherlant. L'amour y parle une langue plus vraie, plus simple que dans *La Reine morte*. Sur *Le Maître de Santiago* la supériorité d'être moins gourmée, moins « écrite » ; elle est traversée par un frémissement que je ne sens pas dans cette dernière pièce. Enfin et surtout, les personnages en sont plus près de nous, plus humains et plus naturels. Le côté décoratif du *Maître* et de *La Reine morte* n'existe pas ici. On ne dit pas cela pour diminuer ces deux œuvres, mais parce que l'évidence est là : *La Ville* a quelque chose de plus pur, de plus difficile et de plus rare. *La Ville* est un peu la *Phèdre* de Montherlant ; nous voulons dire : une pièce qui, parmi les autres œuvres de l'auteur, si belles qu'elles soient, est comme touchée d'un rayon mystérieux.

Mais c'est de la valeur morale de l'œuvre que nous voudrions parler en finissant, et plus particulièrement de la valeur de cette pièce devant la morale chrétienne. M. Daniel-Rops a été catégorique, dans un article qui

n'est qu'une longue apologie de *La Ville* : « Il faudra
certainement être profondément catholique pour accepter cette pièce et en entendre toutes les véritables
résonances. Mais ma conviction, quant à moi, est faite :
ne la jugeront scandaleuse que les pharisiens. »
(*L'Aurore*, 7 nov. 51.) Dans sa préface, l'auteur nous
dit qu'elle a été « écrite à genoux ». Il nous invite à
reconnaître que son œuvre, en fin de compte, sert le
catholicisme. Est-ce vrai ?

Avant tout, cette remarque. Dans cette « pièce
sacrée », Dieu n'apparaît qu'à la scène finale : avec
l'entrée du supérieur. Dieu est entièrement absent de
toutes les pensées, de tous les propos, de toutes les
réactions de l'abbé de Pradts, de Sevrais, de Souplier
(nous savons cependant qu'il a fait une bonne première
communion), d'Henriet, du surveillant. Et l'on se
demande si le mot de l'abbé de Pradts, sur le collège,
n'est pas d'une vérité effrayante : « L'incroyance y
est partout » (sauf chez le supérieur). Mais cette absence
de Dieu pendant les quatre cinquièmes de la pièce est
si oppressante qu'elle en devient égale à une présence.
Le comte de Soria disait au Maître de Santiago : « Le
bruit que fait votre silence... »

Montherlant, dans sa préface, nous invite à discerner
une langue de feu sur la tête de ses quatre personnages
principaux. C'est une grande nouveauté. On sort des
mystères de l'ignoble, chers à la littérature contemporaine, et on entre dans les mystères de la générosité.
Louis Pauwels en est frappé aussi et écrit : « *La Ville
dont le prince est un enfant*, œuvre-clé de l'un de nos
derniers écrivains résistants. J'entends résistants à la
laideur et à la bassesse qui font le train de ce monde. »
(*Arts*, 2 nov. 51.) Montherlant dans tout son théâtre
a donné une place à la grandeur, mais de toutes ses
pièces *La Ville* est celle où il y a le plus de sentiments
élevés. Le supérieur a la gravité, la fermeté, la charité.
L'humanité aussi : il a passé par la même épreuve qu'il
impose à l'abbé. C'est un véritable père spirituel ; il
a le don des âmes. Fidèle à sa vision objective de la vie,

Montherlant fait les autres personnages plus mêlés : ni entièrement bons, ni entièrement mauvais, tels qu'Aristote veut le parfait héros de tragédie. Sevrais a commencé par le péché de la chair ; il est irréfléchi quelquefois, et singulièrement inconscient lorsqu'il prie Souplier de venir à la resserre le jour même où il décide de n'avoir plus sur lui qu'une influence irréprochable. En cette circonstance, c'est « Souplier le gangster » qui a la réaction saine : « Tu prétends que tu avais sur moi une mauvaise influence, et tu veux changer. Mais tu me pousses à venir à la resserre pendant l'étude en racontant une blague à Prial... » Sevrais est un peu vaniteux ; il est menteur et trouble avec sa mère ; il a « abusé à l'infini » de l'indiscipline du collège, dont il était d'ailleurs « une des causes principales ». Et néanmoins il est un des personnages les plus purs (je mets à part Inès de Castro) de toute l'œuvre de Montherlant. Presque toutes ses réactions, d'un bout à l'autre de la pièce, sont exceptionnellement généreuses et nobles. Quant au petit Serge, il a sans doute (bien qu'ils n'apparaissent jamais dans la pièce) les innombrables défauts que lui prête la voix publique, et que même l'abbé de Pradts lui reconnaît, mais il est, lui aussi, généreux et de bon métal. De plus, il a une sorte de finesse, d'intelligence intuitive qui lui fait voir avec plus de lucidité que Sevrais la réalité. Dans la resserre, après avoir été une première fois surpris, il répond à Sevrais qui veut le rassurer : « Non! non! Nous ne nous reverrons plus maintenant. C'est fini! » Et une deuxième fois encore : « Non! Plus jamais nous ne nous reverrons maintenant. C'est fini! » Il me semble entendre cette petite voix qui se brise. Ces mots seuls, si simples et si lourds de tristesse, pourraient expliquer l'attachement de l'abbé de Pradts pour lui.

Le cas de l'abbé de Pradts est plus complexe. Nous savons que sa conduite avec Souplier est irréprochable. S'il reste vrai cependant que l'ardeur de son sentiment risque de l'entraîner à des imprudences, et justifie la détermination rigoureuse du supérieur, il reste vrai aussi qu'il s'est posée sur lui cette grâce divine qu'est la puissance d'aimer. « Sombre grâce », dit Montherlant dans sa préface. Non, ce n'est pas mon avis. L'amour de l'abbé de Pradts tend vers l'absolu et est généreux : là où il y a générosité, il y a clarté. Il donne le meilleur de lui-même à un enfant pour le rendre meilleur. Puis on le lui arrache. C'est la brisure de son âme et peut-être quelque temps de crise dans la sécheresse et le doute. Mais après ne peut-il pas sortir de ce cœur qui a souffert l'agonie, de cette âme qui a été retournée, blessée et meurtrie — plus que d'une âme paisible, — cet « Amour prodigieux » que souhaite pour lui le supérieur ?

Il est plus difficile de lui dénier de la perfidie dans sa conduite avec Sevrais : il « fait marcher » Sevrais exactement comme le pape fait marcher Malatesta. La perfidie de l'abbé de Pradts, en quoi consiste-t-elle ? Celui-ci sait quelle a été la nature des relations de Sevrais avec Souplier. Sans doute cela a changé, mais enfin... Sevrais risque d'être une gêne dans l'influence que lui, l'abbé, veut avoir sur Souplier, et qu'il croit bonne. Le moyen pris pour se débarrasser de Sevrais n'est pas élégant, mais c'est la fin qu'il faut voir. Et la visite des pupitres, la visite nocturne des vêtements ne sont pas eux non plus des moyens élégants : ils sont cependant, hélas! admis dans tous les internats. Quelques mères aussi, de leur côté, madame Sevrais, madame de Bricoule et tant d'autres... hésitent-elles à fracturer le cartonnier de leurs fils ? à plaider le faux pour savoir le vrai, c'est-à-dire à leur mentir, quand elles veulent leur faire avouer quelque chose ?

D'autre part, s'il y a de la perfidie, il y a aussi, croyons-nous, de la sincérité dans la façon qu'a l'abbé de Pradts de traiter Sevrais. Il est sincère lorsqu'il lui permet de continuer ses relations avec Souplier. Cependant il a tout de même une arrière-pensée — pousser Sevrais à s'enferrer, — nous savons cela par quelques phrases de lui à M. Habert à la fin de l'acte I. Mais tout ce qu'il dit auparavant à Sevrais sur son ami est dit avec franchise, et un désir réel de le pousser à faire du bien à l'enfant. Il semble que l'abbé ait une intention perfide au moment où il prend une décision, et qu'ensuite il oublie sa décision, et « y aille » franchement, ne fût-ce que par plaisir de parler de Souplier, pour ne plus repenser à elle que lorsque Sevrais aura disparu. Il y a là vraiment un de ces mélanges inextricables de sentiments opposés si fréquents chez les héros de Montherlant, dont mademoiselle Andriot, dans *Celles qu'on prend dans ses bras*, est le plus bouleversant exemple. Tant de haine, dans tant d'amour! Est-ce par un beau mouvement de confiance qu'il ménage aux deux garçons un rendez-vous dans son propre bureau, ou est-ce avec l'idée machiavélique que Sevrais, après cela, se croira tout permis, et en abusera jusqu'à la culbute finale (et Sevrais, en effet, rappellera ce rendez-vous étrange, quand on lui reprochera celui de la resserre), ou est-ce dans ces deux sentiments mêlés? Cela, Dieu seul le sait. Nous penchons pour cette dernière hypothèse : celle des sentiments mêlés. A deux reprises, dans l'acte I, nous avons vu l'abbé de Pradts parler gentiment avec un élève, puis, aussitôt que celui-ci a le dos tourné, s'occuper de le faire surveiller. C'est qu'il y a en lui un éducateur qui croit que cela fait partie de sa tâche, d'être policier. (Son *leitmotiv* : « Il nous faut un fait... Nous avons un fait » est un *leitmotiv* de juge d'instruction.)

L'abbé de Pradts ne manque pas de générosité avec Sevrais après que celui-ci a été renvoyé. On nous dira qu'il est bien temps! Il est beau tout de même d'être généreux envers un adversaire vaincu. Déjà je ne sens pas le faux dans les raisons qu'il lui donne, pour lui expliquer qu'il ne pouvait rien résulter de bon de sa liaison avec Souplier. Cependant il menace encore, à ce moment-là, car il lui faut obtenir que Sevrais, renvoyé, renonce en outre complètement à Souplier. Cette renonciation obtenue, l'abbé de Pradts reprendra un langage qui sonne franc.

« Le présent peut nous forcer à voir certains aspects malheureux de cette affaire, mais l'avenir glorifiera l'esprit dont elle fut animée. » C'est, en définitive, ce mot de l'abbé de Pradts qui situe *La Ville dont le prince est un enfant* à la hauteur où Montherlant, sans doute, a voulu la placer. Et aussi l'autre parole de l'abbé : « Même ce qui, chez nous, peut sembler être sur un plan assez bas est encore mille fois au-dessus de ce qui se passe au dehors. Ce qui se passe chez nous bientôt n'existera plus nulle part, et déjà n'existe plus que dans quelques lieux privilégiés. » Qu'est-ce à dire ? Que le collège catholique — celui du moins où est située cette œuvre — fait jouer tous les sentiments avec une certaine intensité et une certaine délicatesse qui n'appartiennent qu'à lui ? Ma pensée est plus nuancée. J'ai connu dans les lycées nombre de professeurs qui étaient eux aussi, plus que des pédagogues. Qui étaient attirés plus par l'âme des enfants, que par leur aptitude à apprendre. Qui se souciaient plus de développer en eux le goût du beau et l'amour de la qualité que de remplir leur tête des matières du programme. Qui savaient respecter la sensibilité ardente de certains élèves, la guider quelquefois sans jamais la froisser. Et moi-même je dois trop, dans le domaine de l'esprit et de la sensibilité, à deux de mes professeurs du Collège de Jeunes filles d'Alès pour ne pas l'affirmer ici avec une émotion et une reconnaissance toujours vivantes en moi.

Dans le collège de *La Ville* les élèves représentent *Andromaque* ; dans mon collège j'ai joué *Hécube*. A mon tour, plus tard, j'ai fait jouer par des élèves *Andromaque* et *Iphigénie*. Dans les établissements confessionnels d'aujourd'hui ils représentent *La Reine morte* ; d'anciens élèves de lycée demandent à l'auteur de représenter *Le Maître de Santiago* : voilà au moins un climat, une certaine civilisation où ces deux enseignements se rejoignent...

Cependant, pour que *La Ville* entrât tout naturellement, comme elle y est entrée, dans un univers clas-

sique, pour qu'elle fût si naturellement cette « tragédie »
que nous avons montré au début qu'elle était, il fallait
qu'elle fût située dans un collège catholique. Placez
son sujet, placez la même aventure de deux gamins et
de deux maîtres dans un établissement de l'État, elle
pourra avoir, j'en suis sûre, cette imprégnation d'huma-
nisme et de raffinement moral qui est sensible plus ou
moins chez les protagonistes : le cœur, les sens, l'intelligence, la culture, et les grands mouvements de l'âme
faisant chacun sa partie dans une riche orchestration.
Mais ce sera tout de même la décapiter, il lui manquera
toute la part spirituelle apportée par le supérieur. Il lui
manquera un certain *son*. Je dirai même que les
« ténèbres » de l'abbé de Pradts y auront un aspect tout
autre. Bref, je dirai que le sujet n'aura ni l'allure, ni le
style, ni le ton qu'il a, et qu'il y perdra beaucoup.
M. de Montherlant a changé le titre primitif de sa
pièce : *Le Triomphe de la religion.* Il a bien fait, parce
que, ce qui triomphe à la scène finale, c'est moins
« la religion » que, simplement, la bonne tenue telle
qu'elle s'entend dans n'importe quel établissement
scolaire, religieux ou laïc. Mais c'est dans un autre
sens, plus subtil, que la religion triomphe : elle triomphe
parce que le drame humain ici présenté, et l'œuvre qui
le présente, auraient l'un et l'autre une densité et un
intérêt bien moindres s'ils n'étaient pas situés dans un
milieu gouverné malgré tout par la religion, même
si la religion en paraît souvent absente. Voilà ce qui,
à nos yeux, exauce le vœu de l'auteur, manifesté dans
la préface, à savoir, que le lecteur, en refermant son
livre, éprouve « plutôt de la sympathie que de l'aversion pour cette cellule du monde catholique qu'il y a
dépeinte ». *Le Triomphe de la religion* aurait paru viser
à être une pièce édifiante, qu'il n'est pas. *La Ville
dont le prince est un enfant* est une pièce dont on sort
en se disant que les passions qu'elle montre, les bonnes
et les mauvaises, ne peuvent atteindre cette haute
qualité que dans le climat du monde chrétien.

LETTRE A H. DE MONTHERLANT

par Jeanne Eichelberger-Carayon.

Ce royaume de Garçonie, il était apparu déjà dans *La Relève du matin*, *Les Olympiques*. Mais il appartenait à votre maturité d'écrivain d'aller jusqu'au bout de la vérité. Vous avez courageusement accepté de manier cette dynamite. Je me range, dans mon jugement, aux côtés de ce prêtre qui trouva dans *Aux Fontaines du désir* les raisons d'une orientation décisive de sa vie.

Il est bien, ce collège, un de « ces lieux privilégiés ». Une sorte d'Ordre, comme celui des Templiers — comme lui menacé. S'il ne change pas la qualité des êtres, il ouvre une carrière aux âmes les plus hautes, il neutralise jusqu'à la médiocrité, la vulgarité d'un Henriet. Le surveillant offre le contraste de celui qui voit du dehors.

Ordre de jeunesse. Par qui certains auront traversé, entre treize et seize ans, leur moment sublime : Souplier. Même s'ils cèdent plus tard au goût de la réussite, à l'ambition, cette frivolité de l'homme, à ce moment de leur vie ils auront vu ou entrevu un monde où les valeurs sont à leur place ; où l'on « croit au sérieux de la vie » ; où « il y a de la gravité ». Mais cette gravité n'est pas pesante, car c'est bien « la jeunesse aux belles ailes ». Elle est saisie dans son élan vers la vie héroïque, où l'être se subordonne au lieu de s'ordonner autour de son plaisir ; — saisie dans son langage, impuissant parfois à mettre le mot juste sur un sentiment vrai

(« vexé » pour « peiné », par exemple : « Je barbouille toujours quand je parle ») — et jusque dans ses attitudes, ses gestes familiers et ses tics, ses brusques dérobades (Souplier, dont l'attention fatiguée se détourne au profit de son « élastoche »). C'est bien ce charme, pareil au lustré de la peau sous laquelle court un sang jeune. Non, ils n'ont pas besoin de fond de teint. C'est de la beauté authentique.

Dans ce monde hiérarchisé, où le Maître n'apparaîtra qu'à la fin pour défendre l'Ordre compromis, d'abord l'abbé de Pradts. Quel visage imaginer, au-dessus de son hausse-col « romain » empesé, à celui qui brûle d'une passion multiforme ? « Un amour qui est plus que l'amour des pères. » Aussi, ce qu'il y a de maternel dans l'amour paternel (les deux passages : du chandail, du trousseau. Qu'ils sont beaux !) Et quand il entre en transe, puis revient à lui-même : « Je ne sais... » (acte I, scène I), il est bien votre frère dans ce transport, mademoiselle Andriot ! (« Oubliez ce combat entre mon âme et moi ») ; frère aussi de Ravier hagard, malgré sa pauvre victoire finale qui n'est pas celle de l'amour. Un des personnages les plus riches, certainement le plus hardi, à mes yeux, de votre théâtre. Dans la passion, quand elle fuse, tout est confondu. Si elle pousse ses racines dans le cœur et dans la tête (épigraphe de Balzac), ce n'est pas la rabaisser que de rendre sensible, comme vous faites, qu'elle naît des entrailles. De ces régions obscures elle émerge avec son mystère : celui de la préférence. Comme l'objet est dépassé ! Ici ce jeune garçon avec sa grâce et sa gentillesse sans doute, comme tant d'*autres*. Mais comme l'amant, lui aussi, se dépasse lui-même ! Cet homme qui a plus de hauteur que d'élévation, touché pourtant d'une sombre grâce. Enténébré, aveuglé (« *blinded by his eyes* »), il porte cependant sur Souplier des jugements lucides. Politique avisé, il rejettera enfin toute prudence dans ce duel pathétique où il combattra sans bouclier. Mais sa nature de rapace, quoique exhaussée, demeure. Il est le maître des lar-

mes ; il se veut le maître du sort de ce qu'il aime :
quand il veut emporter Souplier dans son aire (l'invitation à la campagne). Ses sens aiguisés par la passion.
(Ce moment, qui donne la chair de poule, où il perçoit
l'absence d'*une* voix dans le chœur.) On a parfois
l'impression qu'il pense à haute voix. Des détails, des
mots qui seraient autant de bonbons pour l'esprit
d'un psychanalyste : il *articule* alors ce qui peut-être,
dans la vie, ne le serait pas. Mais c'est un des droits
du dramaturge.

   Bien sûr, il y a en lui « cet amour de l'être pour l'être ».
Mais il n'aime qu'*un moment* de cet être (le révélateur :
« Il sera trop tard », acte III, scène VII). Il aime humainement. C'est un spectacle déchirant, dramatique, et
par instants terrifiant, qu'un prêtre qui n'accède pas
au plan surnaturel. Car cet homme de terre est un
prêtre. Ses « choses divines », c'est « sur la terre » qu'il
les vit, comme Inès. Toutes ses paroles, toutes, le
crient : « Je crois à l'être humain » a le ton du blas-
phème, dans cette bouche vouée au *Credo*. « La voie
que j'ai choisie » (Non : « Je vous ai choisis, vous, mon
petit troupeau. ») Et surtout ce mot terrible, qui
méconnaît la grâce : « Il n'est pas destiné à avoir plus
tard la foi. » Ce mouvement qui fait frémir, par lequel
il écarte le prie-Dieu pour s'abattre sur lui-même,
muré. Le nom de son dieu, il ne le prononcera qu'à la
fin, et sous forme exclamative (depuis quelques
secondes j'avais la réponse du supérieur en moi, quand
il l'a formulée). L'air est comme allégé à l'entrée du
supérieur. Si cette pureté cuirassée fait penser à un
mot de Marcel Carayon, que vous avez cité dans *Les
Bestiaires* : « La cruauté doit être le péché des anges »,
dans ce duel terrible entre la terre et le ciel, c'est vers
lui pourtant que j'ai regardé : le prêtre, comme le
Pape de *Malatesta* lourdement chargé, et qui parfois
tremble sous le poids de sa charge. Point de religion
autour de lui, il le voit. Son jugement sûr : il sait la
valeur de ce qu'il doit rejeter : ce Sevrais.

   Sevrais, c'est un jeune Romain de la bonne époque.

Sa « foi » n'est guère chrétienne. C'est celle de son milieu, « posée sur lui, sans racines ». Il aime dans le catholicisme qu'il soit « romain ». Fils unique d'une femme seule. Ceux-là, quand ils se laissent anémier dans la serre sentimentale, le sont inguérissablement. Mais il y a ceux qui se défendent et, par réaction, seront plus virils que les autres. Sevrais paraît de la dernière espèce. A travers ses paroles, on entrevoit sa mère. Ce personnage dans la coulisse, qu'il m'a intéressée! Elle a toutes les complaisances, pour garder jalousement son bien. Elle ne craint qu'une chose, perdre le bien-aimé, mais elle ne craint pas *pour* lui. Il y aurait pourtant, peut-être, à craindre : une certaine coloration définitive de la sensibilité : « le sceau de la Maison » ; à craindre aussi : l'heure difficile où celui qui s'est donné avec passion dans l'amitié virile sera attiré par la femme, sa dissemblable. C'est parce qu'elle interprète tout en femme que la mère accuse, par contraste, les reliefs des sentiments des garçons. Elle qui souvent rapetisse ce qu'elle touche (la jalousie, par exemple), elle m'apparaît pourtant digne de sympathie à l'heure de l'arrachement : ce fils venu au monde avec sur son corps des traces de son sang à elle, il va mêler son sang à celui de l'ami. J'ai vu aussi ce bandage sur un poignet d'adolescent. La cicatrice, aujourd'hui, a la forme d'une croix. L'ami, disparu. Mais non le souvenir de l'amitié. Les réactions des mères ne sont pas uniformes. Je m'étonne que l'une d'elles puisse approcher avec des mots ce mystère ; il me semble que la mère devrait s'en tenir écartée, comme du mystère nuptial. Comme les sensibilités sont diverses!

De Sevrais, l'amour aussi est multiforme (sans réfléchir, j'ai écrit : amour, plutôt que passion). Son absence de jalousie, sa générosité. Il sera aspiré par elle, jusqu'à devenir bourreau de lui-même. « J'aurais aimé être ton frère. » « Cela n'a rien à voir avec l'amour », pense de ce qu'il ressent celui qui « répète » chaque jour les tirades amoureuses de Pyrrhus. Sa réserve, sa pudeur sentimentale, sa « tenue » en un mot, se refusent à ce ton qu'il sent « mièvre », « faux » et qui lui inspire « un mépris ardent pour l'amour ». Mais ce n'est là que répulsion pour le caricatural *Hamour*. L'autre, celui qui touche au vital, ne l'entendez-vous pas ? C'est la voix même d'Inès quand Sevrais évoque la première rencontre. Et, de même que l'amour d'Inès a fait en elle son fruit, déjà une paternité tendre et exigeante bouge dans l'âme du garçon Ce désir de voir ce qu'il aime « devenir quelqu'un de tout à fait bien », c'est déjà celui du père douloureux de *Fils de personne*. Pour toute une famille d'êtres, il n'y a pas, je crois, entre les sentiments vifs, une différence de nature. Visages de l'amour tous, qu'ils soient salués de ce geste respectueux, si beau, dont Sevrais, en se levant, salue son propre amour pour Souplier, lorsque l'adolescent paraît.

Souplier, qui est à la source de tant de remous d'âmes, de drames de palais. Quatorze ans et trois mois. Pour vous aussi sans doute, Serge, « l'âge de votre plus grande gloire », celui même qu'on a appelé si inconsidérément « l'âge ingrat »! La mue commence, et la beauté de l'enfance bondit comme une dernière flamme avant de s'éteindre dans la virilité qui va naître. « Il ne faut s'esbahir... si pour tant de beauté nous souffrons tant de peine », disaient les bons vieillards en voyant passer Hélène de Troie. Oui, c'est bien, éternelle, la même trouble fascination. « Troublant, dit l'abbé de Pradts ; une âme douteuse. » L'âme même, en plein désarroi, de l'adolescent, « ce chantier où il y a tout en vrac », où voisinent le meilleur et le pire, et toutes les contradictions : grossier, brutal avec ses camarades, insolent avec ses maîtres — et pourtant ouvert à des délicatesses inattendues ; menteur et pourtant sincère ; insouciant mais capable d'effort par sursauts ; dur, rétif, et pourtant d'une sensibilité nerveuse qui le fait « chialer » (et il aime ses larmes) à la voix de qui sait jouer sur ses nerfs. Cet adolescent en proie à ses démons, bien des mères qui ont essayé d'y voir clair en un fils, et parfois n'ont pas su, peuvent le reconnaître.

Autour de lui, pour compenser l'abandon moral des siens, tant d'efforts de ceux pour qui « l'éducation est une passion », tant d'amour. Mais il est tiraillé, cahoté. On le plaint d'être tant aimé ; on le plaint d'être mal aimé (Gillou, de *Fils de personne*). Ce mot d' « influence » revient dans la bouche de l'abbé de Pradts, comme dans celle de Sevrais, pourtant plus respectueux des êtres. Il serait regrettable qu'on pût modeler les enfants comme de la terre glaise. Ceux qui ont de la qualité se raidissent sous le pouce impérieux et c'est pourquoi beaucoup d'éducations agissent par réaction.

A nous aussi, Souplier laissera « un souvenir brûlant ». Renvoyés tous deux, les garçons iront leur chemin, séparés désormais. « Vous sourirez de tout cela quand vous aurez vingt ans. » Étrange aberration de l'adulte devant ce qui compte, au contraire. Car ils ont, ces deux, connu le désintéressement jusqu'au sacrifice. Et ils ont — ô merveille! — prononcé l'un et l'autre ce mot de fidélité, qui est l'autre nom de l'amour.

Le double sacrifice. De Sevrais, puis de l'abbé de Pradts. Mais au moment où la « victime » hésite ou plutôt formule une dernière revendication, il y a coercition, menace. Les deux fois. Serait-ce qu'un sacrifice n'est jamais *librement* consenti ?...

Toujours, dans votre théâtre, le sacrifice des meilleurs : Inès, Gillou, Sevrais, et sans doute Mariana elle aussi, sacrifiée par son père à une vie pour laquelle elle n'est pas faite.

L'abbé de Pradts fait un sacrifice auquel il croit

sur l'autel d'un dieu auquel probablement il ne croit pas.

«... perdu, en bon sacrifice qu'il était » *(Les Céliba- taires)*. Qu'est-ce qu'un sacrifice perdu, sinon, peut-être, un sacrifice dont on ne verra pas les fruits ? Un « beau risque » aussi.

Tristesse pesante de ce qui finit sur le renoncement, sans contrepoids. C'est qu'on n'a jamais fini de renon- cer. Le rocher de Sisyphe.

Comme une infiltration, tout au long de la pièce, de la tragédie racinienne, par la répétition d'*Andromaque*. Et cette musique du *Qui Lazarum* : « Je saurai bien le tirer de terre comme vous avez tiré le Lazare. » *(Relève du matin.)*

Souplier : « Il vous fait chialer, ensuite vous console. Mais, en vous consolant, vous fait chialer encore. » Est-ce un souvenir de l'obsédante *Andromaque* : « Il fait couler des pleurs qu'aussitôt il arrête » ?

Cet amour de Sevrais pour son collège, — et le renvoi rompra un double lien. A ce moment atroce de la débâcle, quand ses livres un à un lui échappent des mains, il me semble que c'est le collège *d'abord* qu'il regrette. Et le petit garçon furtif, qui vient lui serrer la main, est comme le Génie du collège.

Il y a aussi ce que j'appelle « l'ingénuité » de Sevrais, qui me touche et m'attendrit : quand il parle à Henriet un langage à ce dernier hermétique, car ces deux êtres n'appellent pas la vie par les mêmes mots. Et on ne saurait dire qu'il se parle alors à lui-même, car il veut convaincre.

Vous avez écrit dans *Les Olympiques* que, si la vérité est dans le vin, *il y a un vin dans la vérité*. C'est ce vin-là, cette pièce. Et plus d'un en sera grisé.

Le « qui aimerais-je ? », le regard à sa soutane, de l'abbé de Pradts. Cela est déchirant. Besoin d'aimer un être de chair et de sang, de l'aimer personnellement. Cette revendication de la nature humaine est entendue du dieu-homme qui a connu, contre sa poitrine, le poids d'une jeune tête. Mais seul il a pouvoir de mettre bon ordre dans sa créature, — quand elle s'est rendue à lui. Alors, le corps lui aussi est salut. L'étonnante, la magnifique formule de l'Église, au moment de la communion : « *Corpus* Domini... custodiat *animam tuam*... »

Le cri, en retour, du Pape de *Malatesta* : « Plût au ciel que les prêtres, eux aussi, fussent un peu aimés! »
Il est dans l'ordre de la vocation sacerdotale que les prêtres ignorent combien ils sont aimés. Le monde peut en rire, ils ont des amis qui ne cèdent pas au sommeil, et les saintes femmes reviennent vers eux, tout au long des siècles.

La tempête dans un cœur humain. Plus rebelle à la voix d'un dieu que celle du lac de Tibériade. Irrésistible mouvement de marée qui tire les êtres vers l'amour. Mais y aurait-il des marées sans cette attraction qui soulève les eaux de la mer?

J'ai cédé au jeu de rechercher dans *La Relève*, puis dans *La Ville*, des passages dont la confrontation éclaire la lente maturation d'un même sujet — de la luxuriante surcharge de l'œuvre de jeunesse à ce décapage qui livre une œuvre dépouillée comme les muscles à nu d'un écorché.
« J'ai atteint un âge où les seuls soucis d'art sont celui du mot propre, et de ne rien ajouter. » L'âge en question n'est pas celui où vous avez composé *La Ville dont le prince est un enfant* : cette phrase a été écrite en

1930, dans *Pour une Vierge noire*. Ces « soucis d'art »
semblent être cependant ceux qui ont gouverné la
création de *La Ville*.

Vous avez cité cette phrase, précisément, dans la
préface de l'édition de 1933 de *La Relève du matin*.
Déjà vous vouliez prendre vos distances avec cette
dernière œuvre. Vous écriviez encore : « Le jeune
auteur de *La Relève* revêtit une réalité admirable d'un
voile irisé et papillotant, qui diminua cette réalité,
au lieu de l'augmenter. » C'est, trente-cinq ans plus
tard, cette réalité que représente *La Ville*.

Mais n'aviez-vous pas voulu « prendre vos distances »
dès le moment où vous écriviez *La Relève du matin* ?
Vous y disiez : « S'il vous est venu à l'esprit qu'il y a
démesure dans ma *Gloire du collège* (un des essais de
La Relève), dites-vous bien que ce chant est une fadaise
en regard des réalités qui l'inspirèrent. »

Vous insistiez, dans cette même préface de 1933 :
« On est prévenu qu'il s'agit bien ici d'une transfiguration délibérée. Mais qu'on sache que nous n'avons
pas, pour cela, méconnu, laissé échapper la réalité
dont *La Gloire du collège* est le phantasme. Si le goût
nous venait d'écrire aujourd'hui, sur cette réalité, une
œuvre nue, directe — la vie même, — nous n'aurions
qu'à laisser aller la plume. Cette réalité, en nous, est
restée intacte. *La Gloire* peut la recouvrir, comme une
nuée fallacieuse ; un geste écarterait cette nuée. Veut-
on une autre image ? Un Greco qui n'aurait peint
encore que le registre supérieur du *Comte d'Orgaz* ;
mais saurait qu'il a dans la tête et dans les doigts la
la scène du bas, et qu'elle sera œuvre le jour qu'il choisira. »

Impossible d'annoncer plus clairement, en 1933,
que vous écririez *La Ville* « le jour que vous choisiriez ».
Et quoi d'étonnant, puisque l'œuvre avait été conçue
et même commencée dès 1913 ?

La Ville dont le prince est un enfant, c'est le règne de
la litote. *La Relève du matin*, c'est le contraire de la
litote : recherches de style, et une tendance bien arrê-

tée à présenter des sentiments excessifs dans une forme elle-même excessive.

Toutefois, si, en 1933, vous voyiez dans le titre seul *La Gloire du collège* l'aveu d'une « transfiguration délibérée », on peut remarquer que ce même mot de « gloire » revient dans le registre « réaliste » de *La Ville*. L'abbé de Pradts dit : « Le présent peut nous forcer à voir certains aspects malheureux de cette affaire, mais l'avenir *glorifiera* l'esprit dont elle fut animée. » C'est que, à la vérité, dans *La Ville* aussi il y a une transfiguration, mais infiniment plus fine, et comme imperceptible, comparée à celle de *La Gloire du collège*.

Presque à chaque page, dans *La Relève du matin*, on trouve les sources de *La Ville*.

Page 4 : « Voyez celui-là, si gentiment mal habillé, avec un certain chic naturel et en même temps ce débraillé : le chic des enfants riches mais dont les parents ne s'occupent pas. » C'est Serge Souplier. La suite ne dément pas le début. L'enfant décrit de cette façon offre des gâteaux à un camarade peu fortuné. C'est Souplier prêtant son âne à un camarade, le jour de la promenade à Robinson.

Page 48, en parlant d'un camarade de classe : « Il me parut aussi qu'il était de ceux qui se passent plus facilement d'être aimés que d'aimer eux-mêmes, et c'est par ceux qu'on aime surtout qu'on est soutenu. » C'est à peu près la parole de l'abbé de Pradts : « Il n'y a qu'une chose qui compte en ce monde : l'affection qu'on a pour un être ; pas celle qu'il vous porte, celle qu'on a. »

Page 82 : « Qu'il reste quinze jours avec moi seul et je le sauve! » crie l'abbé de *La Gloire du collège*. Et l'abbé de *La Ville* veut emmener huit jours Souplier dans sa maison de campagne, « pour l'isoler ».

Page 21. La phrase de l'auteur : « Je ne crois pas que le don de la foi soit un *sine qua non* de l'éducation

catholique », ne pourrait-elle être prononcée par l'abbé
de Pradts, si féru du « sceau de la Maison », et si peu
touché du fait que Sevrais et Souplier lui paraissent
voués à n'avoir pas, plus tard, la foi ?

Dans le chapitre II de *La Gloire du collège*, c'est à
chaque page que l'on retrouve les « sources » de la
scène I de l'acte I de *La Ville* : même décor, mêmes
personnages, même situation. Souvent les mêmes
phrases ont été reprises.

Il est probablement sans précédent, ou du moins
très rare, qu'un écrivain « porte » une œuvre pendant
trente-huit ans, remettant trente-sept ans de l'écrire
au jour où il s'en sentira pleinement maître.

Dans *La Relève du matin*, l'auteur conseille aux prêtres éducateurs de « créer de la crise » chez les jeunes
garçons « de treize à dix-sept ans » qui leur sont confiés.
« Si vous voulez que Dieu imprègne les âmes, quand
Dieu est là tout autour, dense et délié comme il ne le
sera jamais plus, battez les âmes. » Et l'abbé répond :
« Dites-le donc carrément : vous croyez que Dieu
pêche mieux en eau trouble. » Et l'auteur : « Comment
douter que ne soit un bienfait cette royale avance sur
les autres que vous leur donnez en leur apprenant à
souffrir ! Dénouez toutes ces forces vierges ! *Date pueris
iras !* Donnez des passions aux enfants pour qu'ils
puissent vivre la passion de la religion. » Et encore :
« Ah ! prêtres de collèges, sentez mieux que vos cours
d'instruction religieuse et la poésie même de vos rites
n'ont pas tant de puissance, mais qu'il suffit d'un
savant brisement d'âme pour vous conquérir cette
âme pour toujours. »

Dans *La Ville dont le prince est un enfant*, c'est l'abbé
de Pradts qui tiendra un langage semblable, l'abbé
de Pradts auquel le supérieur reproche : « Nous savons
que vous aimez les pleurs des gosses. Nous savons que
vous êtes passé maître dans l'art d'envenimer les
choses. Levez-vous, orages désirés ! » et qui dira : « Notre

but est de donner des sentiments délicats à des jeunes
gens de l'enseignement secondaire. Cela ne va pas sans
d'assez nobles conflits, qui sont, tout compte fait, ce
qu'il y a de plus important dans cette Maison. La terre
a été remuée, bouleversée ; elle en sera féconde. Que
Sevrais ait aimé Souplier, etc. etc., tout cela est
excellent pour sa formation. C'est cela qui comptera
dans ce que lui aura apporté ce collège, et non les
quelques notions inutiles qu'ont pu lui fourrer dans la
tête ses professeurs... »

La thèse est exactement la même.

Tauromachie et dramaturgie. Le lien dans votre
œuvre est sensible. Qu'il soit permis à une Nîmoise
d'adresser un dernier et lointain salut à son péché
de jeunesse, en citant Fernando Gili :

« L'audace avec laquelle Montherlant se laisse frôler
par les cornes, détourne le péril, le ramène sur lui,
l'écarte à nouveau, cela avec une apparente aisance ;
la simplicité, la clarté, la probité, la sérénité, en même
temps que le pathétique toujours grandissant, et dans
un emploi des moyens volontairement les plus réduits...
tout vous fait venir aux lèvres un mot et un nom :
la faena de Manolete ! Et l'unité apparaît, éclatante,
entre ces deux grands artistes arrivés tous deux au
comble de leur art. Il peut y avoir d'autres styles, que
l'on peut même préférer, mais, dans un certain style,
Manolete et Montherlant ont été au bout : le point
final est posé. »

On n'évoque guère la nature dans vos pièces. Mais,
quand on le fait, il y a presque toujours, sinon toujours,
derrière cette évocation, une arrière-pensée humaine.
Si George Carrion voit « quelque chose qui saute »,
sous les bombes allemandes ou américaines, il pense

tout de suite : « Toujours les quartiers ouvriers qui sont atteints! » Si Inès dit : « Il fera beau demain : le ciel est plein d'étoiles », c'est parce que demain elle sera morte ; si elle voit s'éteindre une étoile, c'est sa vie que cette étoile signifie. Dans *Le Maître de Santiago,* la neige est le symbole de l'ensevelissement de l'Espagne. Dans *Celles qu'on prend dans ses bras,* la pluie se met à tomber, pour la première fois, après un été accablant, et dans ce relâchement de la nature la rigueur de Ravier se relâche aussi. Ici, Souplier dit : « Les fenêtres s'allument dans le dortoir des petits », mais l'accent, évidemment, n'est pas mis sur « fenêtres », il est mis sur « dortoir » et sur « petits » ; c'est « dortoir » et c'est « petits » qui sont les deux mots *choisis.* « Les êtres! les êtres! il n'y avait qu'eux. » (*Relève du matin,* p. 62.)

CRITIQUES
SUR
« LA VILLE DONT LE PRINCE
EST UN ENFANT »
antérieures à la création [1]

*Il n'est pas d'usage qu'un auteur, en publiant une
réimpression d'une de ses œuvres, s'y enguirlande avec
des extraits de presse d'un serpentin de louanges. Si,
pour la première fois de ma vie littéraire, je le fais ici,
c'est en prévision du cas, non impossible, où le vent
tournerait du tout...*

Cette pièce qui atteint à l'extrémité du dépouillement et qui est sans doute l'œuvre la plus proche du
génie profond de Montherlant... Montherlant porte le
scandale à son point d'incandescence où, par la vertu
du génie grave qui suscite une telle lueur, c'est la part
noble de l'âme qui se trouve illuminée.

LOUIS PAUWELS.
Arts, 2 novembre 1951.

Il est à croire que les avocats de l'école libre récu-
seront le concours de Montherlant. Ce sera, de leur
part, soit de l'hypocrisie, soit de l'erreur. Je ne suis
pas sûr que le collège catholique ait cette vertu de
provocation que lui prête Montherlant (...) ; mais,

1. *Les quelques extraits de lettres envoyées à l'auteur ont été
livrés à la publicité avec l'autorisation de leurs signataires.*

s'il l'avait, je comprendrais qu'un père de famille prenne, après la lecture de *La Ville*, la décision de lui confier ses fils.

ROLAND LAUDENBACH.
Opéra, 8 novembre 1951.

Une manière de chef-d'œuvre, unique, je crois, dans notre littérature. Une pièce d'abord pénible par son sujet même, mais d'une facture sobre, vigoureuse, et qui, pour finir, atteint au sublime.

H. GAILLARD DE CHAMPRIS,
doyen honoraire de l'Institut Catholique
de Paris.
Revue Dominicaine, Montréal.
Décembre 1951.

Combien je lui suis reconnaissant d'avoir indiqué, souligné, tout au long de ces trois actes, et avec courage, cette « tempête de l'esprit » dans laquelle sont pris directeurs de conscience et élèves dans un collège religieux. Et d'avoir eu la force de ne pas décrire le naufrage, et l'art de laisser deviner tous les naufrages possibles. « Même ce qui, chez nous, peut sembler être sur un plan assez bas est encore mille fois au-dessus de ce qui se passe au dehors. Ce qui se passe chez nous bientôt n'existera plus que dans quelques lieux privilégiés. » Il me semble que cette phrase peut laver l'âme de tant de garçons, à demi victimes de ces tempêtes catholiques, et qui ne savent plus — lâchés dans le monde — s'ils doivent ou ne doivent pas rougir d'avoir été tels que Montherlant les voit, — tels qu'ils ne peuvent pas oublier qu'ils ont été.

JACQUES LEMARCHAND.
critique dramatique du *Figaro Littéraire*.

Vous êtes grand surtout quand vous faites un monde avec rien : donnée simple, action qui monte en flèche pour s'épanouir en bouquets de sang et de larmes, sans feux d'artifice inutiles, sobriété jusqu'à l'austérité d'un style dont la noblesse fait tout admettre. Pas un mot dans la bouche de vos prêtres qui ne convienne et à leur état et à la situation, cela sans rien affadir. Quel tact! Le sujet l'exigeait. La gageure est tenue jusqu'au bout.

MARCEL JOUHANDEAU.
Lettre à l'auteur.

Cette pièce est forte et belle. *La Ville* m'apparaît comme une des pièces capitales de son théâtre, celle où il s'est exprimé, peut-être, de la façon la plus stricte.

Montherlant a nourri *La Ville* du meilleur de son inspiration et de son art (...) C'est aussi l'œuvre d'un homme de théâtre. Dans chacun des dépassements qu'elle nous offre, elle trouve à la fois un ressort moral et un ressort dramatique. Fermement conduite, elle est aussi ferme dans son écriture. J'admire la tenue de cette langue, rapide et pleine, qui n'a pas moins de jaillissement et d'aisance que de rigueur (...). C'est assez dire que l'on peut saluer dans *La Ville* la plus belle langue du théâtre contemporain.

MARCEL ARLAND.
Gazette de Lausanne, 17 novembre 1951.

On a écrit naguère que *Le Maître de Santiago* avait fait l'effet d'un aérolithe tombant du ciel, mais sans pénétrer à une grande profondeur. L'impression d'aérolithe a été plus forte encore avec *La Ville dont le prince est un enfant*. Aux premiers articles a succédé un silence impressionnant : on aurait dit que les critiques cherchaient à se reconnaître. L'aérolithe sera, cette fois, entré peut-être à une plus grande profondeur que *Le Maître de Santiago*. Il est possible que l'avenir juge que voici le chef-d'œuvre de

Montherlant, un chef-d'œuvre qui évoque ceux de Racine.

VICTOR MASERMANS.
Journal de Charleroi, 18 novembre 1951.

La Ville est une pièce impeccablement conduite, d'un extrême dépouillement : une des grandes réussites de Montherlant.

JACQUES BRENNER.
Paris-Normandie, 16 novembre 1951.

L'on ne peut que reconnaître à Montherlant le mérite d'avoir glorifié les collèges catholiques en dépit de leurs taches et d'avoir fait sonner si haut la plus belle corde de sa lyre.

La Libre Belgique, 21 novembre 1951.

Jusqu'à la dernière réplique, Montherlant gardera sa hauteur, sa noblesse, sa gravité et sa maîtrise.

R. G. NOBÉCOURT.
La Croix du Nord, 23 novembre 1951.

On ne peut faire de plus grand éloge à cette œuvre que de dire que Gide ne l'eût pas aimée.

J. H. SHERMAN.
Western Mail, 19 novembre 1951.

La plus belle pièce de l'année n'est pas jouée dans un théâtre, mais tout le monde peut s'en donner des représentations imaginaires.

(...) Les âmes éclatent. Les cœurs sont de feu. Et cependant, tout est sauvé par l'eau lustrale du sacrifice, par le charme fier de l'enfance. On ne distingue rien de trouble dans ce trouble si fort. Aucun des personnages ne peut avoir un geste bas ou une pensée

vile. La pièce flambe de noblesse et de ferveur dans son
étonnante nudité.

On a parfois reproché à Montherlant de s'abandonner
au lyrisme dans son théâtre et de se détourner de
l'action pour donner libre cours, avec trop de complaisance, aux splendeurs de son langage.

Personne ne pourra faire un reproche du même ordre
à *La Ville*. Dans ce jeu des âmes, c'est le style de l'âme
qui parle. Tout est écrit de la façon la plus simple,
sans un mot de trop, surtout sans un mot plus haut
que l'autre, avec une allure de grandeur naturelle et
vivante qui méprise les ornements. La pièce monte
du mouvement insensible de la mer et s'approche de
l'amour le plus sublime, tandis qu'une voix d'enfant
solitaire chante la gloire du collège. Henry de Montherlant, dans la maîtrise de son âge mûr, vient de réussir
sa deuxième « relève du matin ».

KLÉBER HAEDENS.
Paris-Presse, 28 novembre 1951.

Si délicat et même scabreux qu'apparaisse le sujet,
la façon dont il est traité fait que le livre devient une
réaction contre les tentatives antérieures. L'habileté
du dramaturge a été de composer, avec un sujet qui
pouvait devenir si trouble, un drame d'allure classique, dépouillé, sans concession à la fausse émotion ni
à la curiosité malsaine.

JOSEPH AGEORGES.
Arts et Créations, 20 décembre 1951.

Le génie dramatique de M. de Montherlant a produit
une œuvre dont la netteté et l'intensité dépassent
probablement tout ce que nous aimions déjà dans ses
ouvrages antérieurs (...). Jouera-t-on cette œuvre,
cette grande œuvre pathétique, sobre, vigoureuse,
si audacieuse et cependant si noble, si proche parfois
du scandale et qui s'en écarte toujours grâce à cette

hauteur de ton, à cette élévation d'âme, à ce goût de chevalerie et de jeunesse immarcescible qui n'appartiennent qu'à M. de Montherlant?

BERNARD SIMIOT.
Hommes et Mondes, 1ᵉʳ janvier 1952.

Le public renâcle un peu, mais il est médusé.

Bulletin des Lettres.
Lyon, 15 décembre 1951.

C'est une des pièces les plus étranges et les plus humaines que je connaisse de Montherlant.

JACQUES LEMARCHAND.
Combat, 22 décembre 1951.

La Ville comptera sans doute parmi les chefs-d'œuvre de Montherlant.

CÉSAR SANTELLI.
Petit Matin, Tunis, 2 mai 1952.

Un sobre témoignage, dont on ne saurait se refuser à dégager, quoi que puissent en penser certains, l'incontestable portée morale.

RENÉ BAILLY.
Larousse Mensuel, mai 1952.

Le livre refermé me laisse une intense impression de nouveauté. C'est la première fois, à ma connaissance, que le thème du collège est abordé, avec une profonde sympathie, avec une émotion et une délicatesse qui donnent à l'œuvre sa tonalité originale. Pour un éducateur, il est difficile de rester indifférent en face de cette pièce (...). En toute franchise, il me faut avouer que, pour ma part, je suis heureux que cette pièce ait été écrite (...). Jamais Montherlant n'a rien écrit de plus parfaitement dépouillé, de plus net et de plus intense ; les caractères y sont dessinés avec une sobriété chargée d'émotion. Les dialogues sont, à mes yeux, un véritable tour de force : sans vulgarité ni réalisme trop démonstratif, mais d'une absolue vérité. Ces qualités, certes, se rencontrent dans d'autres pièces de Montherlant. Il me semble pourtant qu'elles atteignent ici leur plénitude (...). Je vois là non seulement un chef-d'œuvre littéraire, mais un document humain d'une prodigieuse valeur.

Abbé LOUIS COGNET,
directeur des études au Collège de
Juilly,
chargé de conférences à l'Institut
Catholique.
Hommes et Mondes,
1er janvier 1952.

La saison théâtrale reste hésitante et confuse. A la date où j'écris ces lignes, aucun texte dramatique d'une importance vraiment décisive n'y est encore apparu en dehors de *La Ville dont le prince est un enfant.*

THIERRY MAULNIER.
Revue de Paris, 1er janvier 1952.

Il se pourrait bien que la pièce la plus authentiquement dramatique de l'actuelle saison théâtrale, la plus profonde en tout cas et la plus clairvoyante, soit, par un étrange paradoxe, une pièce qui probablement ne verra pas, d'ici longtemps, ce qu'on appelle les feux de la rampe. Cette œuvre, tant par l'importance du sujet qu'elle aborde que par la gravité des problèmes qu'elle soulève, les sentiments qui s'y affrontent, leur minutieuse et lucide analyse, est assurément, de par l'atmosphère qu'on y respire, une des plus poignantes qui se puissent concevoir.

VICTOR MOREMANS.
Gazette de Liège, 8 janvier 1952.

Si éloignés que soient de notre entendement et à plus forte raison de nos sympathies ces *praetextati mores* qu'entreprend de peindre Montherlant, il est impossible de ne pas considérer *La Ville dont le prince est un enfant* comme un chef-d'œuvre dramatique. Une épithète nous vient à l'esprit : celle de racinienne. Soit, au moins, quant à l'art si pur avec lequel Montherlant mène un crescendo tragique dont l'intensité atteint à l'insoutenable.

M. S.
L'Écho-Liberté, Lyon, 2 janvier 1952.

Montherlant traite avec intelligence, subtile psychologie, sens aigu des réactions et des comportements juvéniles l'épineuse matière de son drame.

R. P. BARJON.
Les Études, février 1952.

Une pièce de théâtre émouvante et vraie, sans préjudice des qualités habituelles de l'auteur, lesquelles ne sont pas minces : gravité naturelle, intelligence, bonheur ineffable de l'expression.

(...) *La Ville* déborde largement de son cadre : elle l' « éclate », comme un décor de théâtre, elle s'adresse à tous. De ce sujet où d'autres n'auraient vu que matière à tripotage d'âmes, M. de Montherlant a fait un récit dialogué qui nous empoigne, un récit d'une hauteur et d'une dignité constantes. Je signale principalement le dernier acte et l'élévation de l'abbé de Pradts dans le sacrifice, élévation que le supérieur du collège soutient, si l'on ose dire, à bras tendus. Oui, cela est très beau, cela mérite notre admiration et beaucoup plus encore que notre admiration : notre estime.

MORVAN-LEBESQUE.
Climats-Annales Coloniales,
1er janvier 1952.

Avec *La Ville*, « le plus grand des écrivains français vivants », au dire de Bernanos, vient de publier
un admirable chef-d'œuvre.

Abbé J. E. BEGIN.
Revue de l'Université Laval.
Québec, février 1952.

Jamais peut-être rien de plus grave, de plus dépouillé, de plus chrétien n'a été écrit sur le sujet (...).
Ce livre est un chef-d'œuvre que goûteront les lecteurs profondément chrétiens.

FRANS MULLER.
Courrier du Soir,
Verviers, 23 février 1952.

Une sobriété et une force admirable (...). La tragédie la plus nette de ligne et de mouvements, la plus
humaine et la plus vraie de Montherlant (...). Une
œuvre pleine de dignité, d'acuité et de franchise,
sur un thème si souvent et si constamment traité
avec lâcheté et sournoise complaisance (...). Le
style qui est là, le sien — tendu, net, familier et
constamment juste, — les situations sévères et pous-
sées jusqu'à leurs limites, la volonté de tout dire et
de ne dire que ce qui est vrai.

. . . .

Le sujet de cette tragédie est simple et d'une netteté de ligne qui apparente *La Ville*... à ce que M.
de Montherlant a écrit de plus fort et de plus beau
pour le théâtre.

(...) J'ai entendu souvent parler du « tact » et de
la « délicatesse » avec lesquels Henry de Montherlant abordait et traitait le sujet qui est celui de *La
Ville dont le prince est un enfant*. Ce sont des mots
bien irritants et qui appartiennent à cet autre versant de la littérature que le « collège » peut inspirer
— le versant que j'appellerai « parents d'élèves ».

Il n'y a ni tact ni délicatesse là où éclatent l'intelligence, la sensibilité et l'art. Dans le domaine que
Montherlant a choisi de décrire, le « tact » serait
aussi offensant que le parti pris de grivoiserie qui
déshonore les littérateurs de dortoirs. La vérité est
qu'il règne dans cette peinture et cette analyse d'un
milieu bien défini une générosité et une noblesse
profondes — très exactement la générosité et la
noblesse dont l'habitude de la vie dans le siècle tend
à effacer jusqu'au souvenir, mais dont la pièce d'Henry
de Montherlant montre de façon bouleversante
qu'elles subsistent et demeurent en nous comme une
échelle à nos remords. (Étant bien entendu que de
ces remords aussi nous pouvons tirer d'étranges plaisirs.)

Commandé par le sujet, adhérant strictement au
sujet, le style de Montherlant atteint dans *La Ville*
une nudité, une authenticité qui sont bien autre chose
qu'un effet de l'art : les qualités mêmes de l'œuvre
dramatique dans ce qu'elle a de plus communicable,
et qui la font ressembler à la découverte d'une source,
dont nous savions bien qu'elle existait.

JACQUES LEMARCHAND.
Le Figaro Littéraire, 5 janvier 1952.
Plaisir de France, mars 1952.

Bien que la description du mal tienne la plus
grande place, elle aboutit ici à dégager une leçon de
renoncement et d'amour vrai.

Abbé J. BRULS.
Directeur de *L'Église Vivante.*
Louvain, avril 1952.

Un témoignage capital sur les mystères et les
drames de l'adolescence. Je ne sache pas que le
thème des « amitiés particulières » ait jamais été

traité avec tant de délicate sensibilité et de subtile pénétration.

RENÉ PALMIERY.
Journal de la Corse, Ajaccio, 7 mai 1952.

L'œuvre, sans conteste, la plus brûlante que Montherlant ait jamais écrite. *La Ville dont le prince est un enfant*, œuvre dont l'auteur est assurément un prince, demeure, sous tous les rapports, une des choses les plus extraordinaires de ce temps, demeurera, n'en doutons pas un seul instant, dans le meilleur, dans le vrai sens du mot, une œuvre « classique », une œuvre « d'aujourd'hui et de toujours ».

PIERRE-EMMANUEL OYEN.
Les Nouvelles Littéraires, 12 juin 1952.

L'intrigue est d'une simplicité, d'une intériorité qui évoquent Racine. Le dialogue atteint souvent, dans son dépouillement volontaire et jusque dans ses réticences, un caractère d'âpreté sauvage et de prenante grandeur. Il y a quelque chose de racinien aussi dans cet art subtil d'inverser la langue de tous les jours, d'en faire sauter la patine et d'en extraire le chant. — Chef-d'œuvre dramatique de haute trempe.

Indications.
Revue de la Jeunesse Indépendante
Catholique Féminine.
Bruxelles, janvier 1953.

Ouvrage peu commun dont la pureté d'intention et la pureté de lignes me semblent sans égales dans le théâtre contemporain. Une langue impeccable, riche, nourrie, parcourue de frémissements, se déploie trois actes durant. La progression dramatique, les contours des personnages, la retenue dans la passion, sont d'un seigneur, d'un maître des lettres.

Avec *La Ville*, Montherlant a signé un des plus beaux
ouvrages de théâtre de ce temps.

J. MUT.
Tribune de Genève, 6 janvier 1953.

Un texte dont chaque réplique affirme que M. de
Montherlant est le plus grand écrivain dramatique
de ce temps. Une œuvre étonnante et altière, libre
de toutes concessions et qui, dans son économie de
moyens, dans le dessin de ses personnages, dont les
noms sont déjà dans toutes les mémoires, dans un
dialogue où le style le plus pur n'exprime que le
vrai, rejoint et égale les chefs-d'œuvre d'Henry de
Montherlant.

EUGÈNE FABRE.
Journal de Genève, 27 janvier 1953.

Il arrive que le public dise d'un auteur qu'il « s'est
dépassé » dans l'une de ses œuvres, alors que c'est
cette œuvre, au contraire, qui l'a dépassé. Tel est le
cas pour la *Phèdre* de Racine, si manifestement
touchée par un rayon mystérieux qui lui confère un
caractère unique dans la production de cet auteur.
C'est ce qui est arrivé aussi à M. de Montherlant
avec *La Ville dont le prince est un enfant*...

C. T.
Petit Provençal, 11 décembre 1952.

Tous ceux qui ont été élèves d'un collège de ce
genre ont vu de tels faits, de tels hommes, de telles
passions.. C'est donc très vrai. C'est aussi très humain, au sens complet du mot.

Cependant c'est traité avec beaucoup de délicatesse
et en même temps d'esprit. Jamais M. de Montherlant
ne tombe dans la vulgarité.

(...) Dans la préface de son livre, qu'il faut relire
avant de fermer ces pages, l'auteur incidemment

déclare que cette œuvre a été par lui écrite « à genoux ». Peu sensible dans les premières scènes, on se rend compte que c'est possible et probablement vrai quand on cherche après avoir terminé la lecture à ressembler des idées et des sentiments qui, d'abord un peu confus, s'éclaircissent à la réflexion au bénéfice du christianisme. De sorte que M. de Montherlant, par la manière dont il a développé son drame et le langage de son supérieur de collège, a servi éminemment et avec délicatesse la vérité catholique. L'honnêteté, le respect qu'il apporte dans son récit, sa peinture et ses évocations mettent cette œuvre hors de classe. Il y atteint un degré qui indubitablement fait déboucher sur Dieu.

En écrivant ces lignes je ne serai peut-être pas d'accord avec les lecteurs superficiels ou partisans de *La Ville dont le prince est un enfant*. Mais je demande qu'avant de me contredire ou de me blâmer l'on veuille bien relire le livre avec sérénité, objectivité et désir de comprendre tout ce que l'auteur a voulu mettre derrière ses dialogues. Alors on s'apercevra de la charité, de l'émotion et du sens chrétien de cette pièce.

PAUL LESOURD.
L'Observateur Catholique, avril 1953.

Dans cette œuvre, Montherlant, sobre et nuancé, analyste et auteur dramatique, dépouillé sans froideur, mystique et charnel à la fois, a mis le meilleur de lui-même.

ADRIEN JANS.
Le Soir, Bruxelles, 21 novembre 1951.

Le thème est par lui-même pénible, mais il est ici haussé jusqu'au plan surnaturel, et les tempêtes du cœur s'y apaisent dans la sérénité chrétienne. *La Ville* est la glorification du collège catholique. Les personnages sont les acteurs d'une émouvante tra-

gédie intérieure : celle d'un sacrifice qui de scène en
scène se développe dans un climat brûlant de générosité, et qui, au dernier acte, touche au sublime. Il
faut lire le dialogue final pour comprendre avec quel
tact et quel art H. de Montherlant démêle les pistes
de la passion et de la grâce.

F. M.
Courrier du Soir, Verviers.
23 février 1952.

J'ai le droit de dire que ce respect de M. de Montherlant pour les éducateurs catholiques d'abord, pour
ses lecteurs ensuite, pourrait bien marquer une date
dans l'évolution de cette littérature si spéciale, et
faire réfléchir les critiques qui, emportés par leur
curiosité, avaient négligé le côté moral des œuvres.
La leçon de tact qu'il vient de donner pourrait avoir
une portée plus grande qu'il n'y paraît tout d'abord
et contribuer à assainir un peu les tentatives des
psychanalystes de l'enseignement libre.

E. MARCEL.
Vers l'Avenir, quotidien catholique belge.
20 décembre 1951.

Il y a là un directeur de collège qui vous donne la
formidable impression de parler non comme un
ecclésiastique, mais comme *le prêtre :* souci primordial des âmes, douleur intolérable devant le mal,
grandeur, dignité, mesure, tout y est. Comment
tant de critiques ne se sont-ils pas récriés devant la
merveille ? Elle est assez rare pour qu'on se permette
quelque lyrisme.

UN DES TROIS.
La Libre Belgique, Bruxelles,
9 mars 1952.

L'œuvre appartient à un sommet de l'art dramatique en raison de son dépouillement de son intensité.

Le dénouement s'accomplit dans une scène d'une noblesse antique qui laisse une impression de salubrité et, en même temps, souligne l'autorité rigoureuse du catholicisme en matière d'ordre et d'hygiène. Avec cette œuvre, l'auteur affirme une fois de plus une admirable grandeur. Il élève en effet tout ce qu'il touche, et sous sa plume les sujets les plus vulgaires, les plus dangereux, apparaissent sous un jour qu'on ne soupçonnait pas. Quant à la forme, sa maîtrise est totale. On ne peut que s'incliner devant une œuvre aussi tonifiante, et c'est sans hésitation que nous saluons en M. Henry de Montherlant le premier de nos écrivains vivants.

HENRY PLANCHE.
La Savoie, Chambéry...?

La meilleure, peut-être, de ses pièces. Tragédie classique, s'il en est, cette œuvre vaincra toutes les résistances.

Jamais l'auteur n'a écrit prose plus proche du grand ton classique. Il ne s'agit pas de style noble, cependant. Jamais non plus Montherlant n'a moins posé. Le thème qu'il a abordé, si grand, si audacieux, « dans le meilleur sens du terme », remarquait dernièrement Jacques Lemarchand, l'a défendu de toute complaisance envers soi. On s'en voudrait d'ajouter encore autre chose qu'une invitation au lecteur à se saisir de *La Ville* et à méditer ce texte admirable.

B. BRAUN.
Beaux-Arts, Bruxelles, 18 janvier 1952.

Je suis d'accord avec M. Gignoux (directeur du Centre dramatique de l'Ouest) pour reconnaître dans *La Ville* l'œuvre capitale de Montherlant.

J. T.
Résistance de l'Ouest,
Nantes, 2 février 1952.

Il faut tout citer de cette scène sublime pour en respecter les gradations et les nuances nécessaires. Le supérieur s'y exprime avec une clairvoyance magistrale, avec un sens de la charité qui éclate jusque dans la sérénité lucide et bienfaisante de paroles sans détour Ainsi ont parlé parfois les saints, par nécessité charitable, ainsi les yeux peuvent-ils s'ouvrir aux vérités qui sauvent. Le ton net, non point hautain, mais toujours juste, que M. de Montherlant a prêté à ce prêtre, absolument prêtre, à ce directeur qui dirige, à ce maître qui élève, a la pureté de langage de la vraie tragédie ; il a aussi l'accent convaincant des rappels à la réalité nue qui re-situent sur leur plan exact les hauts problèmes de l'âme.

ALAIN PALANTE.
France Catholique, 11 janvier 1952.

Cette belle pièce, son chef-d'œuvre peut-être...

MARCEL ARLAND.
Nouvelle Revue Française, juin 1953.

Je voudrais pouvoir m'attarder sur cette notion du respect dans l'œuvre d'art, montrer comment Balzac, par exemple, respecte ses personnages, comment Zola ne respecte que son œuvre, comment Simenon ne respecte ni les uns ni l'autre. Ici, dans ce sujet que la moindre erreur de ton pouvait gâcher, c'est le respect qui sans cesse sauve la mise. Cela apparaît particulièrement dans le personnage de l'abbé de Pradts, dont Montherlant, aussi sobrement que délicatement, nous montre le désordre et les failles (notamment son insuffisance de foi religieuse), sans jamais nous faire oublier la hauteur et même la grandeur du caractère.

FÉLICIEN MARCEAU.
Pan, Bruxelles, 7 novembre 1951.

Dans *La Libre Belgique* du 9 avril 1952, l'ecclésiastique qui signe « Un des Trois », après avoir rejeté comme inexacts *la totalité* des écrivains français modernes qui dépeignent le prêtre dans leurs romans (Fabre, Bernanos, Bloy, Huysmans, Paule Régnier, Mauriac, A. Billy...), conclut ainsi :

« Avant que vous nommiez qui, finalement, trouvera grâce, je nommerai Montherlant et Malègue. Montherlant, dans *La Ville*. Il y a là, intervenant vers la fin, un directeur de collège qui vous donne la formidable impression de parler non comme un ecclésiastique, mais comme *le prêtre* : souci primordial des âmes, douleur intolérable devant le mal, grandeur, dignité, mesure, tout y est. Comment tant de critiques ne se sont-ils pas récriés devant la merveille ? Elle est assez rare pour qu'on se permette quelque lyrisme ! »

La Ville renferme une leçon sévère et toute chrétienne, celle-là même qui se trouve dans les propos du supérieur.

Une fois encore nous revenons à Racine, et non par hasard : la pièce de Montherlant est une tragédie authentique. Elle en porte les caractères les plus évidents (...). La passion qui prédomine, des héros irresponsables, des circonstances qui échappent aux désirs et à la volonté, la tragédie se reconnaît à ces trois signes réunis, et on les trouve dans *La Ville*.

> MICHEL CAMPICHE.
> *La Liberté*, Fribourg (organe catholique),
> 30 mai 1953.

... Ce *Théâtre* où M. de Montherlant nous a donné le meilleur de lui-même, ce qui ressemble le plus à l'accomplissement de soi : le drame que touche, que purifie l'aile chrétienne, le plus haut étant, selon moi : *La Ville dont le prince est un enfant.*

> PIERRE DE BOISDEFFRE.
> *L'Information*, 6 juillet 1955.

« Le prêtre est-il un personnage littéraire tout à fait comme les autres ? », tel était le thème d'une communication présentée à l'Académie des sciences morales et politiques, par M. Gaillard de Champris, doyen honoraire de l'Institut catholique de Paris.

Et M. Gaillard de Champris de rappeler les « sources » — souvent polluées — d'une telle inspiration : Balzac, Ferdinand Fabre, Anatole France, Jules Romains ; de mentionner les « prêtres de Bernanos », ceux de Mauriac, pour ne déceler finalement, qu'une réussite : l'abbé Pradeau de la Halle, dans *La Ville dont le prince est un enfant*.

La Croix, Paris, 13 novembre 1955.

Un homme ayant un esprit de l'étendue et de la portée de H. de Montherlant doit bien se rendre compte que la meilleure pièce qu'il ait écrite est *La Ville*. C'est une des plus belles pièces françaises modernes, — c'est-à-dire une des plus belles pièces *de la littérature mondiale moderne*. Cependant, ayant écrit ce chef-d'œuvre émouvant et inspiré, Montherlant refuse actuellement d'en permettre la représentation sur une scène publique, et cela pour des raisons qui ne seraient comprises nulle part, en Europe ou en Amérique, sauf dans les plus obscurs tréfonds des bureaux de Lord Chamberlain.

HAROLD HOBSON.
Sunday Times, 31 mars 1957.

APRÈS LES REPRÉSENTATIONS
DU GROUPEMENT D'ÉTUDIANTS « BELLES LETTRES »
EN SUISSE

(Janvier-février 1953)

L'œuvre, dont l'audace et la splendeur n'avaient pas échappé aux lecteurs, s'est révélée mieux encore à la scène, et comme en son lieu même (...). Après cette expérience, la scène est ouverte à *La Ville*.

EUGÈNE FABRE.
Journal de Genève, 27 janvier 1953.

Grâce aux vertus dramatiques et morales de la pièce, grâce encore à la présence, en chair et en os, sur scène, d'acteurs conférant à leurs personnages la plénitude humaine de leur présence, présence qui ne permet pas au spectateur de s'abstraire, de s'attarder devant telle ou telle phrase, telle ou telle situation, la gravité du comportement plus ou moins déplaisant, répréhensible ou scandaleux prêté à ces adolescents et à un de leurs prêtres s'en trouve ramenée à des proportions plus modestes. Sur scène, l'action dramatique neutralise, si l'on ose dire, les côtés négatifs, éphémères, de l'adolescence, qui lui servent d'objet ou de sujet.

J.-L. F.
Courrier de Genève (catholique),
27 janvier 1953.

On avait pu croire un instant que le caractère un peu équivoque des trois actes choque plus à la scène qu'à la simple lecture. Mais non!

Figaro littéraire.

Le dialogue dramatique du troisième acte avec le jeune prêtre est une des plus grandes pages de théâtre contemporain.

M.-M. T.
La Suisse, 26 janvier 1955.

Chef-d'œuvre d'une densité extraordinaire... L'on pouvait craindre le scandale ; ce fut l'admiration des spectateurs...

JACQUES HENRI.
Réveil Civique, Genève, 27 janvier 1953.

Genève, d'abord inquiète, a finalement été bouleversée par *La Ville* de Montherlant. La représentation se déroula devant un public un peu inquiet au départ, puis qui devint de plus en plus vibrant, particulièrement au troisième acte, qui est d'une intensité extraordinaire. L'œuvre, le nom de l'auteur et les interprètes ont été longuement applaudis à la fin de la représentation et ont eu de nombreux rappels.

ALFRED GEHRI.
Comœdia, 27 janvier 1953.

Dans une langue incomparable de clarté et de décision, Montherlant a écrit la tragédie des écoliers trop attachants qui s'aiment d'aîné à cadet, mais qu'aime encore leur pédagogue. Sans aucun artifice, sans aucun métier (évidemment), mais seulement bien convaincus qu'ils nous racontent une histoire qui serait la leur parce que s'est faite la communion de leurs sentiments profonds avec la pensée de l'auteur, cinq jeunes gens, écoliers et étudiants genevois, avec ce sixième, leur aîné, qui pourrait (ou plutôt devrait) être leur professeur, nous ont passionnément attachés trois actes durant à l'aventure sentimentale, sensuelle aussi, mais profondément morale en réalité, qui trouble et exalte la vie d'un collège catholique.

Quelle réussite parfaite pour « Belles Lettres », pour Montherlant surtout, qui confia à ses jeunes amis l'essai public de ce chef-d'œuvre, nuancé dans les sentiments qu'il révèle, discret dans ceux, sensuels, qu'il ne craint pas d'évoquer, dramatique dans l'étalage des sacrifices... L'action de *La Ville* se déroule sur un rythme de tragédie ; action frémissante, que de forces en puissance ! que de vives passions ! mais tremblant rarement à ciel ouvert et débouchant d'une manière ou d'une autre sur le renoncement. Car, en fait,

aux yeux mêmes de Montherlant, *La Ville* apparaît comme une tragédie du sacrifice.

A. R.

La Sentinelle, La Chaux-de-Fonds,
7 février 1953.

Cette pièce a été interprétée de façon poignante,
nous tenant en haleine d'un bout à l'autre des trois
actes. Les acteurs ont mis en relief un texte d'une
densité extraordinaire. Ils nous conduisirent au
sommet de la spiritualité.

Courrier du Val de Travers, à Fleurier,
(journal catholique), 7 février 1953.

Montherlant a traité un sujet difficile et l'a fait avec
beaucoup de tact et de réussite. La gradation des
trois actes est parfaite et aboutit au baisser du rideau
à une impression de grandeur qui étreint le spectateur, même s'il ne comprend pas toujours. Le
public ne ménage pas ses applaudissements nourris et
répétés, tout au long de la pièce et au baisser du rideau.

Journal *L'Effort*, La Chaux-de-Fonds.
7 février 1953.

Une des plus belles pièces de notre langue... Le
public a fait aux jeunes comédiens de Genève un
accueil beaucoup plus chaleureux que de coutume.
C'est qu'il a compris que pour arriver à la qualité de
l'interprétation qu'ils nous donnèrent d'un texte si
serré de langue et si extraordinairement médité de sujet,
il avait fallu aux acteurs amateurs de Genève un
travail énorme et un amour passionné de la pièce, qui
le mérite bien.

Montherlant use d'une langue brillamment théâtrale, l'une des plus belles vraiment que l'on ait créées,
et son style est tellement fait pour la scène, que, malgré

sa densité, on l'entend aisément (à la condition d'écouter, bien sûr). On pourrait étudier longuement la beauté de sa description, la justesse divinatoire de son sens psychologique, la puissance et la durée de ses dires comme de ses sous-entendus : il met en scène des gens certes très individualisés, mais c'est bien de l'homme qu'il parle, dans ce qu'il a de plus général et qui se retrouve partout.

J.-M. N.
L'Impartial, La Chaux-de-Fonds,
7 février 1953.

La troupe « Belles Lettres » a donné à Genève la première représentation publique de *La Ville dont le prince est un enfant*. Un triomphe.

Paris-Théâtre. Paris, n° 69.

Cela a valu à un auditoire compact, attentif, silencieux et expert, de vivre une remarquable soirée théâtrale. On était venu de divers lieux de la Suisse romande, au mépris de la distance et du froid, pour assister à cette première retentissante, et l'on n'a point perdu son temps. « Belles Lettres » de Genève a accompli un véritable exploit.

Dans cette tragédie du sacrifice double, Montherlant a évité tout ce qui pouvait, même le moins du monde, abaisser le sujet ou vicier l'atmosphère. Non qu'il mette dans la bouche des personnages des paroles d'une simplicité si constante qu'elle en deviendrait artificielle. Il sait, au contraire, prêter à de très jeunes gens les naïvetés intermittentes de leur âge. La vérité, c'est qu'il a poussé ici à la perfection un style théâtral dépouillé qui frise déjà la grandeur du *Maître de Santiago*. Son troisième acte, chargé d'éclairs, explosif, plein de grandeur, est une réussite totale.

JEAN NICOLLIER.
Gazette de Lausanne, 26 janvier 1953.

APRÈS LES REPRÉSENTATIONS
DES ÉTUDIANTS DE L'UNIVERSITÉ D'AMSTERDAM

Avec un tact et une sensibilité admirables, le grand écrivain, l'un des maîtres incontestés de l'art dramatique, a su nous passionner et nous émouvoir dans une œuvre qui porte toutes les marques de son génie. Le fameux dialogue du dernier acte n'est qu'un léger échantillon de son immense talent.

(...) Une œuvre d'une haute valeur spirituelle.

J.-W. HOFSTRA.
De Volkekrant (journal catholique),
Amsterdam, 30 mars 1953.

Je me demande pourquoi on fait tant de tapage à propos du courage moral dont auraient fait preuve les étudiants en jouant cette pièce exquise.

(...) Dans cette œuvre sobre, subtile, et, surtout, chaste, l'auteur suggère à peine les passions souterraines sur lesquelles se fonde l'action.

J.V.S.-W.
De Groene Amsterdammer, 4 avril 1953.

La pièce est morale dans tous ses personnages et dans toutes ses circonstances. Dans Souplier, qui a vis-à-vis de son camarade et de son préfet des sentiments très estimables ; dans Sevrais, qui dans ses intentions et dans ses actes est toujours plein de générosité ; dans le supérieur, qui parle et agit comme doit le faire le prêtre idéal ; et dans l'abbé de Pradts même, qui voit se refermer sur lui le piège qu'il avait tendu pour y prendre un autre.

n. s.
Het Volk, 27 mars 1953.

La présentation d'un tel sujet n'exige nul courage de la part de l'auteur.

n. s.
Nieuwe Rotterdamsche Courant,
27 mars 1953.

On se demande pourquoi, dans son introduction au programme, C. van Emde Boas qualifie le choix de cette pièce de courageux.

Hjr.
De Telegraaf, 27 mars 1953.

APRÈS LES REPRÉSENTATIONS
DES COMPAGNONS DE SAINT-LAMBERT A LIÈGE

Les 31 mars et 7 avril 1955

C'est une véritable tragédie d'âme et de cœur, au dialogue merveilleusement serré et délicat. Jamais peut-être Montherland n'a montré tant de vraie pitié, tant de chaleureuse affection pour ses personnages. Et la double affection de l'abbé et de Sevrais pour le petit chahuteur aux mains sales est, malgré son égarement, toujours émouvante.

ANDRÉ PARIS.
Le Soir, Bruxelles, 1er avril 1955.

Le rideau dut être relevé une dizaine de fois après que le nom de l'auteur eut été prononcé. Un gros, un très gros succès pour les Compagnons de Saint-Lambert et pour Montherlant.

V. M.
Gazette de Liège, 31 mars 1955.

C'est la meilleure part du génie de Montherlant de ne rien écrire que de dangereux et de sauver le tout par une foi intransigeante qui se traduit en formules d'une infaillible efficacité.

Des scènes comme celles du deuxième acte entre les deux adolescents qui se jurent une éternelle amitié dans une resserre sordide, et celle, violente, qui termine la pièce, entre le supérieur et l'abbé de Pradts, sont parmi les plus belles qui ont été écrites au théâtre depuis cinquante ans.

Monde du Travail (socialiste),
31 mars 1955.

Liège, hier soir, plébiscitait Montherlant. Un silence avide, presque mystique, avait accueilli les trois actes de *La Ville dont le prince est un enfant*. Puis, comme la flamme, après avoir longuement cheminé, embrase tout, la tension contenue se libéra dans une frénétique ovation.

CLAUDE BAIGNIÈRES.
Le Figaro, 31 mars 1955.

Le succès a été énorme. Un auditoire enthousiaste a fait relever le rideau plus de dix fois à la fin de la représentation.

Le Parisien Libéré, 1er avril 1955.

La presse liégeoise, dans son ensemble, a vu dans *La Ville dont le prince est un enfant*, d'Henry de Montherlant, que les Compagnons de Saint-Lambert ont créée sur la scène du Gymnase, avec un succès éclatant, le chef-d'œuvre de l'auteur de *La Reine morte* et du *Maître de Santiago*.

n. s.
La Wallonie, Liège, 6 avril 1955.

Nul peut-être n'a plus d'importance aujourd'hui dans le théâtre que Montherlant, et nulle pièce n'a plus d'importance, dans son théâtre, que *La Ville dont le prince est un enfant.*

La publication en librairie avait assez révélé la beauté de *La Ville* pour qu'il ne faille plus la redécouvrir ici. Néanmoins, l'œuvre acquiert enfin sa ligne, sa couleur, sa sonorité véritables.

Tout pourrait compromettre la pièce : le plus douteux visage de la passion, la littérature, le procès d'une maison de formation, un acquiescement aux modes détestables ou aux bassesses complaisantes du gidisme. Avec Montherlant, ce sont là des périls illusoires. Tout son théâtre s'attache à une grandeur, à une singularité, à une ombrageuse sauvagerie qui l'isoleront toujours des mauvaises ressemblances. Et particulièrement *La Ville dont le prince est un enfant,* où l'auteur est si exigeant — si prudent — qu'il en refuse l'exécution quoique l'œuvre soit d'une extraordinaire, d'une bouleversante pureté.

Car c'est bien la pureté qui caractérise *La Ville.* Pureté de la passion d'abord. La nudité de la souffrance, la fatalité pour autrui d'une âme qui confond pathétiquement son bien et le Bien, l'intensité des affections qui ne choisissent qu'entre elles-mêmes et un certain héroïsme, une sorte d'innocence altière qui est celle des chevaliers ou des adolescents, tout cela compose un chant tragique et dépouillé que ne gâte nulle équivoque. Il s'agit d'amour, mais d'un amour du cœur et de l'âme, d'un amour qui encourage. Sevrais ne pense qu'au salut de Souplier et s'incline lorsqu'il se croit dangereux. L'abbé de Pradts ne pense lui non plus qu'au salut de cet enfant perdu, prince insolite de la ville-collège. Le supérieur ne pense qu'au salut du prêtre égaré par son propre apostolat devenu trop affectif. Ce ne sont que des êtres intacts, qui se font souffrir parce que leur passion est sans cesse confrontée avec un idéal qui les dépasse et les condamne.

Pureté du ton : la vérité s'allie à la rigueur, tout au long des trois actes, dans un dialogue sans enflure, dans des propos terriblement simples et meurtriers. Les paroles des gosses, celles qu'échangent à la fin les deux prêtres, ont un même accent de fièvre et de sincérité, un même dédain de la « littérature ». C'est le ton que Montherlant avait annoncé, à ses débuts, dans *La Relève du matin*, ce ton fraternel et viril, rigoureux et contenu, des aventures de l'âme dans un monde clos d'où le futile disparaît. On reconnaît au passage les idées auxquelles l'écrivain doit le meilleur de lui-même : l'isolement, le devoir de tutelle, l'horreur du médiocre, le sacrifice et la fierté.

GEORGES SION.
Nation Belge, Bruxelles, 8 avril 1955.

Jamais on n'a mieux compris les plus forts mouvements d'une œuvre qui, à travers tant de livres et de pièces, a une unité secrète qui dépasse ses contradictions visibles. Montherlant aime les mondes clos, à l'égard du monde. Tout ce qui rappelle, même indirectement, la chevalerie, ses ordres et ses rites, éveille en lui une nostalgie. Le terrain des *Olympiques*, le collège de *La Relève du matin* annonçaient la trilogie si diverse et si cohérente qu'il nomme son « théâtre catholique ». Les serments passionnés de *La Ville* répondent au conseil de l'ordre de *Santiago* et à la solidarité fiévreuse des religieuses de *Port Royal*.

Pourtant, si ces milieux fermés ou privilégiés séparent des médiocrités d'alentour, ils engendrent leurs propres drames et une solitude d'autant plus amère qu'elle s'édifie sur une espérance. Sevrais, de Pradts, seront seuls comme le Maître ou comme Sœur Angélique : obstinés à vouloir une grandeur fière et douloureuse et voués à s'y détruire. D'une manière, c'est le ferment de la tragédie racinienne, avec son intensité, sa litote permanente, la sûreté de son style. Mais l'ombre de Corneille rôde, proposant ses efforts vers le courage et parfois vers le mépris.

Faut-il dire, pour revenir à *La Ville dont le prince*

est un enfant, que jamais peut-être l'art de Montherlant n'a été plus sûr et plus dépouillé ? La réserve, la fièvre, la pudeur s'y unissent dans un dialogue qui est un chef-d'œuvre de style et de vérité nue. Ceux qui ont pu voir la pièce au Gymnase n'oublieront pas ce chant pur et désespéré de l'amour et du sacrifice.

GEORGES SION.
Les Beaux-Arts, Bruxelles, avril 1955.

Là est le premier miracle : dans cette œuvre où tout est digne, ou plus exactement tout est traité avec dignité (...). Par là aussi *La Ville* est parmi les authentiques chefs-d'œuvre du théâtre français.

n. s. *Gazette de Liège*, n° 76.

La représentation de Liège obtint un vif succès. Il est vrai que l'œuvre en question est d'une grande beauté. Tout ici est maintenu sur un plan élevé et garde une grande vigueur dramatique.

Agir, Bruxelles, 21 avril 1955.

A DES DATES DIVERSES

En écrivant cette pièce, Montherlant fait œuvre d'éducateur et sert la vérité catholique.

PIERRE G.
L'Echo d'Alger, 6 décembre 1951.

Plus j'y songe et plus *La Ville* me semble être (avec *Service Inutile*) la plus belle de vos œuvres.

JEAN PAULHAN.
Lettre à l'auteur.

Est-ce qu'on ne nous a pas menti ? Est-ce qu'il est certain que la privation nous enrichisse, et le sacrifice nous comble ? Je n'imagine pas en tout cas de problème plus grave, ni plus difficile : c'est à lui qu'aboutit, c'est de lui que part toute enquête sur la vérité de l'homme.

Montherlant l'aborde loyalement et même avec modestie. D'où vient que je préfère à ses autres essais *Service inutile*, à ses récits *La Relève du matin* ; et à ses autres pièces — qui tiennent parfois de l'action d'éclat — l'admirable *Ville dont le prince est un enfant*.

JEAN PAULHAN.
d°

La presse liégeoise, dans son ensemble, a vu dans *La Ville*, que les Compagnons de Saint-Lambert ont créée avec un succès éclatant, le chef-d'œuvre de l'auteur de *La Reine morte*.

n. s.
Gazette de Liège, 6 avril 1955.

Une œuvre brillante, d'un style ardent et pur, une pièce subtile et délicate.

R.-F. L.
Gazette de Lausanne, 13 février 1953.

La création par « Belles Lettres » de *La Ville dont le prince est un enfant* est sans conteste un grand événement littéraire.

A. M.
Nouvelle Revue, Lausanne, 13 février 1953.

La pièce nous emporte et ce qu'il peut y avoir de trouble se mêle à beaucoup de désintéressement, de clarté, de volonté, de droiture.

J.-L. F.
Courrier de Genève (catholique),
27 janvier 1953.

(...) La moralité de l'œuvre est apparue hier irré-futable aux esprits les plus prévenus ; ils ont, dans l'évidence et l'immédiateté de la scène, reconnu et le tact et la mesure et la probité de l'auteur.

(...) M. de Montherlant a traduit aussi bien l'âme des adolescents que celle des maîtres. L'action, tout intérieure, de l'œuvre se développe avec un sens magistral de la progression, et il n'est pas un mot du dialogue qui n'exprime l'essentiel. Il y a là, rapide, dévo-rante, une crise de sentiments saisie en son tréfonds et qui dépouille sous nos yeux des âmes que — pour la plupart — le sens de la grandeur habite.

EUGÈNE FABRE.
Journal de Genève, 27 janvier 1953.

Cette pièce est admirablement écrite : jamais peut-être Montherlant n'a atteint cette brûlante nudité de la forme, cette simplicité véhémente qui allège les mots de leur poids temporel.

n. s.
Monde du Travail (socialiste),
Liège, 31 mars 1955.

La Ville nous a paru à la scène une pièce remarquable et une des plus chaleureuses de Montherlant. Ce qui la caractérise avant tout, c'est son extraordinaire intensité dramatique.

ANDRÉ PARIS.
Le Soir, Bruxelles, 1er avril 1955.

Catholique, et catholique pratiquant, je ne crois pas au péril d'une représentation. Cette pièce, je la trouve remarquable, c'est une œuvre tout à fait digne de Montherlant, qui est, à mes yeux, le premier dra-maturge de son temps.

LOUIS ARTUS.
Combat, 22 décembre 1951.

Quant au danger d'une révélation préjudiciable à la santé morale des interprètes, nous sommes et demeurons sceptiques. (...) La pièce de M. de Montherlant ne soulève à cet égard aucune équivoque et on ne saurait trop l'en féliciter. Alors, où est le danger? En un temps où la jeunesse voit, lit et entend le pire, c'est prendre à son endroit des précautions qu'on ferait mieux de reporter dans d'autres domaines où la licence s'étale impunément sous ses yeux.

(...) D'ailleurs, quand on apprend qu'une partie du monde ecclésiastique français, pressenti par l'auteur, ne verrait pas d'objection à la représentation et même, si nous avons bien compris ce qui s'est dit, la jugerait souhaitable, on peut considérer que la cause est entendue.

LIONNEL.
La Nation belge, Bruxelles, 7 juin 1952.

Avec *La Ville dont le prince est un enfant*, Montherlant a écrit sa *Phèdre*.

PIERRE DESCAVES.
Causerie au « débat » sur *Le Cardinal d'Espagne* à la Comédie-Française, le 21 janvier 1961.

La Ville est peut-être la pièce la plus chrétienne de la trilogie d'*autos sacramentales* de Montherlant.

JOHN W. BATCHELOR.
Existence and Imagination.
The Theatre of Montherlant.

Thèse pour l'Université de Hull
publiée par
University of Queensland Press, 1967.

Sa plus belle tragédie est *La Ville*. Il a dépeint une cellule du monde catholique avec honnêteté et respect, et il a inspiré de la sympathie.

ROGER BRULARD.
Montherlant et ses masques.
Éd. La Lecture au foyer,
Bruxelles, 1962.

Si incompétente en art dramatique, aurai-je le droit de dire que cette pièce est un pur chef-d'œuvre, qu'elle m'a fait sans cesse penser à Racine, et qu'il n'est pas une de vos pièces, pourtant si attachantes parfois, que je place au-dessus d'elle?

MARIE NOEL.
Lettre à l'auteur, 14 mars 1958.

La Ville est sans doute une des plus belles pièces d'amour qui aient été écrites en langue française.

GABRIEL MATZNEFF.
Opuscule sur H. M.
mis en vente par la Comédie-Française,
1963.

C'est la pièce la plus importante de notre théâtre depuis le début du siècle.

JEAN MEYER.
L'Intransigeant-France-Soir,
10 décembre 1967.

Dès la première représentation de La Ville, *l'auteur fit insérer dans le volume des extraits de presse favorables à son ouvrage. Il s'agissait de « faire passer » un sujet tenu alors pour délicat, en vue du jour où sa représentation paraîtrait réalisable. Aujourd'hui ces représentations ont eu lieu, mais on a cru que les critiques qui avaient* figuré dans toutes les rééditions de la pièce pouvaient figurer aussi bien ici, exceptionnellement, puisque, toutes étant antérieures à la représentation, il n'était pas interdit de penser qu'elles avaient contribué à son succès.

NOTES
postérieures à la création

M. l'abbé C... souhaitait que la bénédiction fût
donnée aux interprètes de *La Ville* alors qu'ils
entreraient en scène, peut-être afin de chasser les
démons ou démonets qui auraient pu rester tapis
dans ma pièce, plus sûrement sans doute pour
infuser à ces acteurs la grâce de bien jouer et de
ne pas me trahir. L'idée de l'abbé C., loin de me
faire sourire, me touche. Elle me rappelle ces spec-
tatrices qui, quand le rideau se baissait sur *Port-
Royal*, faisaient le signe de croix. Voilà, tout spontanément, et sans l'ombre de littérature, le drame
contemporain redevenu *mistère*.

Une telle bénédiction, donnée de façon trop
visible, serait déplacée, agaçante pour les acteurs
incroyants ou hostiles. Mais secrète, telle que donnée par les prêtres en civil dans la foule aux condam-
nés de la Révolution qui montaient à la guillotine,
pourquoi pas?

P. S. — Seize ans après ce que je viens de dire,
une correspondante inconnue m'écrit, quelques

jours avant la générale : « Je me mettrai à genoux
à neuf heures quand vos interprètes commence-
ront à jouer, pas pour prier pour le succès de la
pièce, qui au fond a peu d'importance, mais pour
qu'ils soient à la hauteur de leur tâche. »

Il est invraisemblable que cette dame, que je ne
connais pas, qui ne vit pas à Paris (Belge), ait eu
connaissance de l'idée de l'abbé C., à laquelle je
n'ai donné avant ce jour aucune publicité écrite,
que j'ai peut-être rapportée à deux ou trois personnes il y a seize ans, et encore. Or, l'idée du prêtre et l'idée de cette dame sont à peu près la même.

Et me voici contraint de revenir à la notion du
sacré. Pourquoi ce sentiment du sacré, chez certains êtres, devant *La Ville dont le prince est un
enfant ?* Le sacré peut sortir des relations de l'homme
avec Dieu, mais peut sortir aussi de l'être humain seul, ou des relations de l'être avec l'être.
Dans *La Ville*, il naît chez le supérieur du rapport
entre le supérieur et Dieu, mais, éminemment, il
naît chez l'aîné des garçons du rapport entre lui
et son cadet, et chez le cadet, dans une moindre
mesure, mais une mesure certaine, du rapport
entre lui et son aîné. Il faudrait réfléchir avant de
décider si le sacré, absent chez l'abbé de Pradts
de son rapport avec Dieu, ne naît pas de son rapport avec l'enfant qu'il aime.

Il est nettement marqué dans mon texte, au
cours du « mêlement des sangs » entre les deux
garçons, que le serment prononcé par l'aîné
(emprunté aux Templiers) : « *Domine, non nobis,*
Pas à notre profit, ô mon Dieu! », ce qu'il sous-

entend ici, c'est : « Pas à mon profit, mais *au tien*. »
Être devant être, sans Dieu.

Le Maître de Santiago tire le sacré de soi, et
très secondairement de son rapport avec Dieu. La
reine Jeanne (du *Cardinal*) tire le sacré de soi seule.

Lettre intéressante d'un Suisse, après les représentations de *La Ville* données par le groupement
Belles Lettres de Genève en 1952 :

« On avait censuré un peu la mise en scène :
gestes, attitudes ; il en résultait sans doute une
plus grande convenance, mais aussi une certaine
contrainte, et, il faut le dire, quelque invraisem-
blance. Pas un instant d'abandon, chez des êtres
saisis de la passion la plus vive, et, dans la resserre,
où ils pourraient se laisser aller un peu, les deux
garçons restent loin l'un de l'autre. Ainsi leur
attachement n'apparaît plus que comme une
amitié virile, et, quand ils se séparent, est-ce assez
d'une poignée de main ? Mais je comprends bien
que le moindre épanchement eût été impossible
au théâtre. Il reste un contraste entre les paroles
des garçons, passionnées à certains moments, et
la froideur de leur comportement. »

Bon. Mais enfin, Titus et Bérénice se bécotent-
ils, autrement que dans la mise en scène ridicule
de Baty ? La réserve donne la force et la force
donne la réserve : le comble de l'amour s'interdit
le moindre contact. La réserve cependant risquera
toujours de paraître absence pour un public dis-

posé à ne sentir que ce qui est gros. N'y-a-t-il
pas des spectateurs (jeunes, il est vrai, et très
mis en condition) qui ont trouvé que *Port-Royal*
est une pièce « glacée » ?

La Ville est une pièce où il ne faut jouer ni trop
ni trop peu.

P. S. 1. — Dans *La Ville*, il n'y a, et il n'y a
jamais eu, de contact physique entre les deux
garçons, que trois poignées de main, et la litote
que c'est pour l'aîné de poser le pied sur le barreau
de la chaise où est assis le cadet. Même, le cadet
arrête ce geste, comme s'il était encore trop.

P. S. 2. — « Pièce glacée. » A propos de *La Ville*,
une lectrice m'apprend le mot de Delacroix : « Il
nous faut faire froidement des choses brûlantes. »

Il y aurait à dire. Il faut faire dans le feu des
œuvres brûlantes, et les tremper dans le froid.

L'abbé de Pradts semble avoir substitué délibé-
rément à la religion du Dieu des chrétiens la religion de Souplier, si ce n'est pas la religion du
garçon en soi. « La tendresse elle aussi est une
prière. »

Dans *Fils de personne*, Gillou (quatorze ans) prend
la défense, avec flamme, de tout ce qui est bas.

Souplier (quatorze ans) est « le voyou du collège » ;
il n'est jamais bas.

Curieuse justification de la mise à la scène de
La Ville après les soirées de Genève. « Grâce à la
présence (souligné) en chair et en os, sur scène,
d'acteurs conférant à leurs personnages la plénitude humaine de cette présence, présence qui ne
permet pas au spectateur de s'attarder devant
telle ou telle phrase, telle ou telle situation, la
gravité du comportement (de certains de mes
héros) s'en trouve ramenée à des proportions plus
modestes. Sur scène, l'action dramatique neutralise, si l'on ose dire, les côtés négatifs de l'adolescence qui lui sert d'objet ou de sujet. » J.-L. F.,
Le Courrier, Genève, 26 janvier 1953.

Un correspondant : « Vous prêtez une telle
élévation naturelle à vos deux collégiens — même
le petit — que l'amour tel que nous le concevons
d'ordinaire s'en trouve amoindri. Est-ce voulu ? »
Réponse : Mais l'abbé de Pradts, qui ne penche
pas du côté de « l'amour ordinaire », n'est pas précisément admirable, ni dans sa conduite avec
Sevrais (l'aîné), ni dans sa conduite en tant que
prêtre.

De minimis non curat praetor, dit le vieil adage latin : « Le préteur ne s'occupe pas des détails. »

En tout art — et dans celui de la mise en scène comme dans les autres, — le préteur s'occupe des détails.

Dans *Antone Ramon*, l'admirable roman d'Amédée Guiard, professeur, père de famille et catholique, sur les amitiés particulières, on voit la maladresse des prêtres et des parents déclencher la catastrophe, tout comme chez moi celle de l'abbé de Pradts (dénonçant l'amitié Sevrais-Souplier de façon spectaculaire) et celle de la mère de Sevrais, sur la politique de qui il ne manquerait pas de choses à dire, que personne n'a dites.

Un professeur (allemand) à l'Université de Lubeck : « Parlant pédagogiquement, la peine infligée au brillant Sevrais de quitter immédiatement, et sans lui donner toutes les possibilités de se justifier, le collège, nous semblerait (ici) par trop cruelle ; ici il y aurait — et justement dans la docile Allemagne, mais qui est toujours docile là où elle devrait protester — une révolte et des élèves et des parents. Et surtout le proviseur interviendrait en faveur d'un élève distingué. »

La phrase sublime (je puis écrire cela, parce que c'est une phrase que j'ai entendue) de Souplier : « Fais-le, pour que je puisse te pardonner », est immédiatement suivie par la phrase de Sevrais qu'il dit « debout, à un mètre de lui, très posément », comme suffoqué par la générosité de son camarade, « Comme je tiens à toi! Comme j'ai eu raison de t'aimer! », et ces deux phrases, preuves l'une et l'autre de l'altitude où peuvent monter les deux garçons, sont immédiatement suivies par les coups brutaux du charpentier à la vitre de la resserre, qui vont déclencher le drame : c'est la *réponse de l'adulte*. La foudre tombe sur les enfants à l'instant qu'ils sont admirables.

Quelqu'un me dit que *La Ville* est anachronique comme une chanson de geste. On peut dire, en effet, qu'elle est une chanson de geste.

Malatesta se jetant aux pieds du Pape, qui n'a cessé de lui faire du mal, et qu'il est venu pour assassiner, n'est-ce pas un peu Sevrais demandant à se confesser à lui au prêtre qui vient de faire un scandale sur son nom ? Quelle joie en apprenant ce geste *historique* de Malatesta trente ans après le fait analogue qui fut au départ de *La Ville !*

Je commente avec le mot entêtant de Lacordaire : « Dieu aime les opérations mystérieuses. »

Je sens et conduis ma pièce comme on sent et conduit un cheval entre ses jambes.

Faire travailler un être neuf (qui n'a jamais mis les pieds sur la scène), ce n'est pas lui apprendre à jouer la comédie, c'est presque tout le contraire.

En tauromachie, on ne peut travailler, correctement ou génialement, que le taureau neuf (qui n'a jamais mis les pieds dans l'arène). Le taureau qui a été travaillé, et l'acteur qui a (trop) travaillé, il s'agit de leur désapprendre ce qu'ils ont appris. On n'en a pas le temps dans l'arène ; on en a le temps sur la scène, mais pas toujours.

Le comédien est comme le matador pendant les cinq minutes où il travaille le taureau avec la muleta, avant de le mettre à mort : il ne peut pas avoir un instant d'inattention.

En 1963, il y a donc quatre ans, je devais faire jouer au Théâtre des Mathurins le premier acte de *La Ville*, en lever de rideau à *Fils de personne*. On engage les comédiens : un adulte et deux adolescents. On auditionne quelques scènes, et on se sépare pour les grandes vacances.

Le temps passe ; je me remémore l'audition de la scène V de l'acte I, jouée par les deux garçons. Elle me gêne assez pour que j'écrive à Mme Harry-Baur, directrice du théâtre, alors dans le Midi : on ne jouera pas cet acte, on en jouera seulement la scène III (entre le prêtre et l'aîné des collégiens). Comme cela fait sauter un quart d'heure du spectacle, qui devient trop court, je m'offre à écrire une petite scène d'un quart d'heure, où je rénoverais le dialogue *Les Onze devant la porte dorée*, qui ferme mes *Olympiques*, ce qui permettrait d'employer les deux garçons engagés. Le comédien adulte devra accepter de voir diminuée de moitié sa présence en scène.

Tous deux pleins de complaisance, Mme Harry-Baur et le comédien (Robert Fontanet) acceptent. J'écris une petite scène, *L'Embroc*, où je rajeunis *Les Onze*, écrits en 1924, et non destinés à être représentés. (Ce texte est d'ailleurs bien meilleur sous cette forme que sous celle de 1924.)

Ç'avait été un petit drame de théâtre, se passant à la mi-juillet, par lettres et par télégrammes. La directrice et le comédien accepteraient-ils ?

Si non, que ferais-je? Et puis, me tirerais-je de cet *Embroc* quand j'aurais à l'écrire?

Et tout cela parce que je n'avais pas supporté l'audition de la scène v de l'acte I de *La Ville*.

Or, cette scène est anodine, des plus anodines. C'est du moins ainsi que je la juge en 1967, — et que je la jugeais déjà en 1966, quand je décidai de faire jouer la pièce. Et c'est ainsi qu'elle est, et que tout le monde la voit.

Que s'est-il passé entre 1963 et 1966, — en trois ans? S'il s'agissait d'une durée de quinze ans, par le temps qui court, je comprendrais. Mais trois ans! L'époque a-t-elle changé à ce point en trois ans, que la vision morale du monde en soit retournée? Quand même, pas en trois ans... Est-ce mon esprit qui est devenu « corrompu » et ne voit plus « le mal » où il est? Ou si c'est mon esprit qui était « corrompu » il y a trois ans, qui voyait « le mal » où il n'est pas, et qui s'est assaini en trois ans?

Je livre ce petit problème aux sociologues. Car moi, qui prétends voir très clair en moi, je n'y vois pas clair ici.

Voici ce que je lis dans un article de M. Paul Lesourd, très catholique (*L'Observateur catholique*, avril 1953) : « Le sacrifice chrétiennement accepté n'est réel que s'il a pour base une connaissance parfaite, parce qu'éprouvée, de ce qu'on immole. S'il ne concerne que les fruits de l'imagination ou du ouï-dire, ce n'est plus cela. L'holocauste, au contraire, de plaisirs éprouvés, de pas-

sions ressenties peut être, la grâce aidant, une
échelle conduisant vers Dieu, et c'est ce que M. de
M. a réussi à nous rendre sensible. »

Si on me dit que l'abbé de Pradts est douteux,
je répondrai que c'est, justement, parce que sa foi
paraît être des plus faibles, et qu'à ce coup c'est la
religion qui gagne.

Foi si faible qu'il va jusqu'à reprocher à Sevrais
son essai de réforme (tiens, déjà *Santiago*, et déjà
Port-Royal!) en vue d'assainir le collège de ses
excentricités. Je m'étonne qu'aucun critique n'ait
dénoncé le caractère plutôt pénible de ce reproche.

Retrouver incarnées, et incarnées si bien (par
Didier Haudepin) des scènes que j'ai vécues et des
paroles que j'ai dites il y a plus d'un demi-siècle,
voilà ce fameux « miracle de l'art », qui fixe, parfois pour l'éternité, parfois pour un grand nombre
d'années, un instant de votre vie, voilà qui exauce
la supplication de Faust, quand il a dit à l'*instant* :
« Arrête-toi. Tu es si beau! » Et le voir vécu par un
vrai collégien de seize ans, premier en grec et en
latin, si pareil à vous, ce petit frère inattendu de
ce qu'on fut et de ce qu'on est... Je rends grâce à la
conjonction d'êtres et de circonstances qui a permis
que cela fût, que je suppose qui doit être considéré
comme un grand moment d'une vie d'artiste. Et,

certes, j'ai fait passer dans quelques-unes de mes pièces (à action contemporaine) plusieurs moments de ma vie privée, mais c'était toujours à peu d'années de distance, jamais au-dessus de cette grande étendue d'un plus-que-demi-siècle. Cela est bien émouvant.

N'ayant pas été à la générale de *La Ville dont le prince est un enfant*, je téléphone à mes principaux interprètes le lendemain matin pour leur dire un mot amical. Personne ne répond quand je téléphone chez Haudepin ; jusqu'à midi moins le quart où son père me dit : « Il est au lycée. Il sera rentré à midi moins dix. »

Il a créé, avec une intelligence, une sensibilité et une maîtrise de soi surprenantes chez un garçon de son âge, le rôle le plus lourd de la pièce (par la longueur du texte). Il a dû se coucher à minuit et demi au plus tôt. Le lendemain il est à huit heures à son lycée, au lieu d'attendre au téléphone les félicitations, — ou de se reposer.

Je me rappelle ces deux traits, déjà cités dans mes *Carnets* : Foch, après la guerre (c'est-à-dire Foch universellement glorieux) se rendant à l'École Militaire sur la plate-forme de l'autobus ; Poincaré m'ouvrant lui-même la porte un jour que je sonne chez lui.

Qui, me lisant, ne sourira de ce rapprochement ? Mais moi je n'en souris pas. J'y retrouve, à des

échelons bien éloignés l'un de l'autre, la cinquième
vertu cardinale : la vertu de simplicité.

Paul Guers, au troisième acte, quand il supplie
le supérieur de ne pas renvoyer Souplier, crispant
les mains, avançant la tête, le sang lui afflue au
visage. Ensuite — telle est la complexion de cet
homme, — le sang s'en retire complètement. En
quelques instants son visage devenu livide, aux
creux d'ombre, aux traits tirés, ruisselant de sueur,
les larmes à ses yeux, crucifié sur son amour. A
Paris, en 1967, sur une scène de théâtre parisienne,
cette Sainte-Face de l'amour, — le *durus amor*
de Virgile, le *pallidus amor* de Properce. Inoubliable.

Qu'il est bien que les auteurs expliquent leurs
ouvrages! (Ne serait-ce que pour que la critique
leur prouve qu'ils n'y ont rien compris.) Que ne
donnerions-nous pas pour avoir *Bérénice* décorti-
quée par Racine! Vive le technicien, quand il fait
voir *in fine* ce qu'il a dans les manches et dans les
poches!

J'ai toujours proclamé qu'il était suffisant que
les pièces de théâtre fussent lues, qu'elles n'avaient
pas besoin d'être représentées. *La Ville* me fait
revenir sur cette opinion, du moins touchant
certaines pièces. La représentation, pour elles,

est comme le vernis que l'on met sur un tableau ancien, qui fait sortir des détails invisibles jusqu'a-lors. Cette comparaison me paraît assez frappante d'exactitude.

La représentation de *La Ville* m'a révélé, entre autres choses, à quel point cette pièce est ambiguë. Elle a toute l'ambiguïté de la vie. Selon que vous bougez un tant soit peu tel objet — par exemple, cette coupe de cuivre, — il apparaît moiré ou apparaît mat : quelle est sa vérité, est-ce d'être moiré, ou est-ce d'être mat? Selon le point de vue d'où l'on regarde *La Ville*, c'est une pièce chrétienne, on l'a assez répété, ou c'est une pièce anticléricale, ce qui peut être soutenu sans absurdité [1]. L'abbé de Pradts est ambigu. Il agit très vilainement avec Sevrais, et le reconnaît (« Oh! vous savez, ce que nous sommes! »), et cependant il est quelqu'un de bien : sens et connaissance des âmes, finesse, cul-ture, homme d'esprit, charité et réserve avec Souplier, sens de la qualité morale et respect de cette qualité : la scène où il est devant Sevrais renvoyé est un mélange de répliques où il cherche assez odieusement à faire de la peine à un petit rival qu'il a mis à bas [2], et de répliques qui témoi-

1. Dans une lettre du 11 octobre 1951, Roger Martin du Gard m'écrivait : « Jamais, à ma connaissance, aucune bombe de ce calibre n'a été glissée sous les assises des collèges reli-gieux. »
2. Une femme me dit que, s'il tue Sevrais, il a droit aux circonstances atténuantes que l'on accorde aux crimes pas-sionnels. En tant que dramaturge et amateur de l'âme hu-maine, j'admire la passion de M. de Pradts. En tant qu'homme privé, je lui marque de l'éloignement, le vieil éloignement

gnent de ce respect : il respecte ce qu'il dupe,
comme d'autres respectent ce qu'ils corrompent.
Sevrais, le chevalier, quand l'abbé lui reproche,
« aussi inquiétant que quiconque », d'avoir été une
des causes principales de l'indiscipline du collège,
et d'en avoir « abusé à l'infini », ne proteste pas,
mais répond : « J'étais d'un côté de la barrière,
vous de l'autre. A chacun de se défendre », ce qui
est réaliste, et n'est rien moins que chevalier.
Souplier est ambigu : deux fois sur la liste des
élèves à renvoyer, il est « le voyou du collège »,
et cependant quiconque lit son rôle, et a le cœur
bien placé, relèvera sans peine une dizaine de
répliques où il se montre chic et même très chic ;
tous les parents viennent se plaindre de lui, mais
heureux les parents qui, en 1968, auraient un petit
voyou de cette sorte. Autre ambiguïté de ce rôle,
pour lequel ont servi de modèle deux garçons,
l'un de quatorze ans, l'autre de douze, âges très
originaux, donc très différents l'un de l'autre. Il y
a encore l'ambiguïté de mainte réplique, on n'en
citera qu'une : « Vous avez commencé à l'aimer du
jour où il a commencé à pécher », qui peut être
entendu : son péché vous a allumé, ce qui est
noir ; et qui peut être entendu : vous l'avez pris
en affection quand vous l'avez vu en péril, ce qui
est *or.* Et il y a l'ambiguïté fondamentale de la
pièce : faisant aimer au plus grand nombre la

gréco-latin pour la démesure. Si j'étais supérieur de son collège, je lui dirais tout juste ce que je fais dire à mon supérieur,
de qui tout le rôle a été inventé (alors que j'ai eu des modèles
pour les trois protagonistes).

croyance catholique, et écrite par un incroyant.

Aussitôt qu'on se met à voir la vie lucidement, c'est toujours cette dualité que l'on trouve, ou plutôt bien autre chose que la dualité : la pluralité. Et cette pluralité est en moi, de là que je la vois si bien dans le monde. Ne revenons pas sur ce thème, que j'ai ressassé. Disons seulement que *La Ville* — et c'est encore un trait d'elle qui apparaît surtout à la représentation, — en faisant voir la pluralité du monde, et la mienne propre, qui reproduit celle du monde, est une de mes pièces les plus éclairantes sur ce que j'écris et ce que je suis. Et renvoyons aux pages où Jacques de Laprade, dans sa préface à mon Théâtre (Pléiade), rappelle la pensée de Hugo, que la double face est la « mystérieuse marque de fabrique » de la Renaissance. Ce qui nous amène à *Malatesta*, autre pièce éclairante.

La Ville est une pièce ambiguë, elle n'est pas une pièce trouble. L'amour de l'abbé pour Souplier, et l'amour de Sevrais pour le même, si différents qu'ils soient (tout viril chez Sevrais, féminin dans une certaine mesure chez de Pradts), sont un même sentiment, qui est on ne peut plus clair. Ce qui est trouble, c'est la conduite de l'abbé avec Sevrais ; c'est cela qui est gênant, et cela seul. Mais le fait de montrer par l'art une chose gênante n'est pas en soi immoral. Il est souvent une présomption que l'œuvre est forte et belle (une présomption, rien de plus).

Ceux qui disent que la pièce est trouble, mais que tout est sauvé grâce au style, ont une vue bizarre des choses. Si la pièce est trouble, et si son style est bon, il ne fait que renforcer ce trouble. Mais la pièce n'est pas trouble.

Une pièce qui fait voir une réalité dure, et qui est une pièce « édifiante », une pièce dont les uns sortent élevés, et quelques autres effarés, une pièce dont tel journaliste écrit qu'elle est une pièce pornographique, et tel autre qu'elle est *Les Petites Filles modèles*...

Il s'est passé cinquante-quatre ans entre l'année où je rédigeai le premier jet de *La Ville* et l'année où elle fut portée à la scène.

On a imprimé que j'avais « laissé mûrir l'époque ». Cela est drôle. Disons autrement que, ancien coureur à pied, j'ai toujours aimé les courses d'attente.

Dans sa version adolescentine, *La Ville* s'appelait *Le Buisson ardent*. Comme aujourd'hui, Dieu devait apparaître seulement à la fin du IIIe acte, cette fin que je ne savais pas faire. Dieu au milieu des flammes.

Le rôle de la sensualité dans cette pièce peut être précisé très facilement.

Il y a eu actes sensuels chez Sevrais puisque la donnée de la pièce est le sacrifice qu'il fait d'eux. Dans sa première scène avec Souplier, il annonce qu'ils vont être « maintenant très sérieux », parle du « changement », de la « nouvelle ligne de conduite », évoque comme une preuve énorme de son amitié les « sacrifices qu'il fait pour changer de voie », dit qu'il a « retrouvé la partie bonne de soi ». Tout cela est dénué de sens, et incompréhensible, s'il ne s'agit pas d'un sacrifice d'actes.

L'abbé de Pradts affirme à plusieurs reprises avec véhémence que sa conduite a été pure et il n'y a aucune raison d'en douter (« Il n'y avait pas à la purifier! » — « S'être si sévèrement et continuellement surveillé », etc. Le Supérieur, exigeant qu'il ne revoie plus Souplier, dit d'ailleurs : « Ce n'est pas une punition, c'est une précaution. »)

En effet, il y a eu un attrait sensuel exercé sur l'abbé (« Vous avez aimé un visage »). Mais un attrait subi n'est pas un délit, pénalement, et chrétiennement n'est pas un péché.

Voilà seize ans que je vois imprimé que *La Ville* se passe chez les jésuites, alors que les prêtres y sont toujours appelés « Monsieur l'Abbé » et non « Mon Père », qu'aujourd'hui à la scène l'un d'eux porte le rabat, tout cela suffisant à faire voir qu'ils ne sont pas des jésuites, aux maisons de qui je n'ai pas été élève une seule journée.

Ceux qui attaquent le personnage de l'abbé de Pradts apprendront sans doute avec curiosité

(s'ils ne l'ont appris en 1951, quand je publiai
la pièce) qu'un ecclésiastique portant un titre dans
la hiérarchie, et occupant un emploi important
dans le diocèse de Paris, dit alors spontanément à
M. Robert d'Harcourt, qui ne lui demandait rien :
« Vous savez, l'abbé de Pradts, c'est moi ! » Je le
tiens de M. d'Harcourt.

On me parle d'une psychanalyse à faire de l'abbé
de Pradts. Il n'est rien qu'un psychanalyste ne
découvre dans l'abbé de Pradts, qui ne doive être
découvert par n'importe quel homme d'esprit
délié, et qui connaît bien la nature humaine. L'amour
de l'abbé de Pradts, c'est l'amour-passion sous sa
forme classique, tel que nous le voyons dans Catulle,
dans Properce, dans Ovide, dans Sapho, pour ne
citer que des Anciens, soutenu de la passion de
l'éducation, quand l'éducation a de bonnes raisons de devenir passion. Il n'y a rien à en dire de
plus, sinon qu'il est peut-être assez rare, et aussi
assez audacieux, de porter à la scène, à Paris, en
1967, le sentiment de l'amour, qui ne provoque
d'ordinaire que des ricanements, du moins dans
la classe « cultivée ».

L'amour de Sevrais n'est pas de l'amour-passion ; Sevrais en a d'ailleurs conscience et l'affirme
avec force. Il est une juxtaposition d'affection
tendre et de sensualité, ce qui ne fait pas de
l'amour-passion.

La Ville est une pièce pleine de mystères de toutes sortes. L'auteur lui-même ne les découvre que peu à peu. Nombre de spectateurs entrent en elle de plain-pied ; on pourrait constituer une *Société des Amis de « La Ville »*. Parmi ceux qui n'y entrent pas, mais la supportent, lesquels sont aveugles ? Et lesquels complices ? Entendons-nous bien : par complices je veux dire ceux qui ne veulent pas voir ce qu'elle est, parce qu'ils l'admirent et désirent l'admirer en toute tranquillité. Ils sont comme la foule dans le conte d'Andersen : ils voient bien que le roi est nu, mais personne n'ose le dire, et ils crient « vivat ! » au passage du roi nu.

C'est un autre mystère que cette conjonction, que j'ai dite, du réalisme et de l'idéalisme, qui d'ordinaire s'excluent : le fini et l'infini, dirait Platon. C'est une des ambiguïtés de cette pièce, et c'en est un des mystères. Et il y en a d'autres : elle est un test psychologique (ceux qui y entrent et ceux qui n'y entrent pas : deux familles très distinctes) et un test social (jusques à quand sera-t-elle supportée ?) Et d'autres.

Qu'est-ce que cette « région riche et triste où nous nous entendons à demi-mot » qu'évoque *in fine* M. de Pradts devant Sevrais ? Certains ont cru que c'était la région, mettons, des... ami-

tiés particulières. Ma foi, je ne me souviens plus
bien de ce que j'ai voulu dire en 1951. Peut-être
cette région était-elle dans mon esprit la région
extrêmement raffinée où évoluent les quatre principaux personnages du drame (mais oui, Souplier
compris, et encore un lecteur me suggère-t-il,
avec délicatesse, qu'il faudrait y ajouter « le petit
Thévenot ») : le royaume dont ils ont la clef et où
nul n'entrera après eux. Peut-être ce que j'appe-
lais dans *La Relève du matin* le « royaume des âmes ».

Oui, ils « s'entendent à demi-mot » : Sevrais
demande à se confesser au prêtre qui a fait un
scandale sur son nom, ensuite il prendra sa défense
quand le prêtre l'aura bien bafoué ; l'abbé relève
le petit adversaire qu'il a abattu ; le supérieur
maintient précieusement l'abbé dans son poste de
confiance au collège ; il ne renvoie pas Souplier
sans l'honorer d'un compliment très flatteur : « Vous
ne nous laissez pas un mauvais souvenir, vous nous
laissez un souvenir brûlant » (on fait toujours les
nuances). Les quatre protagonistes sont gens de
bonne compagnie ; intelligence, et vertus du cœur :
chacun prouve qu'il les possède, et témoigne d'elles
pour les trois autres (ce qui n'empêche en rien les
atrocités fourrées, du moins de la part des adultes).
Bonne compagnie ? N'est-ce pas autre chose, ou
la pointe extrême de la bonne compagnie ? Je vois
dans *La Ville* un climat d'extravagance qui rappelle l'extravagance héroïque des chevaleries per-
sane, japonaise et chrétienne.

Les réactions d'une partie du public, et surtout
de la presse, en 1967, accentuent, bien plus encore

qu'en 1951, le côté *jardin secret* de *La Ville*. «Vase clos », « atmosphère étouffante », c'est bien l'*hortus conclusus* où l'on cultivait des plantes de choix.

« Cultivait ». La conscience que quelque chose finit, et la fierté douloureuse d'être de cette cause perdue, se trouvent chez plusieurs de mes héros : Alvaro, la fin de la chevalerie (« Les derniers! Nous serons les derniers! Quelle force dans ce mot de derniers, qui s'ouvre sur le néant sublime! ») ; les religieuses de Port-Royal, la fin de l'Église ; de Pradts, la fin de l'*hortus conclusus* (« Ce qui se passe chez nous bientôt n'existera plus nulle part ») ; le préfet Spendius, la fin du paganisme ; Caton, la fin de l'Empire romain. Ils sont rares, ils le savent, ils en meurent, et s'en louent.

Une spectatrice m'écrit : « J'ai trouvé touchant et troublant de voir, au lever du rideau final, le visage de Paul Guers encore bouleversé et couvert de larmes. J'avais fait la même remarque pour *Port-Royal* : Annie Ducaux reparaissait le visage encore défait et comme égaré. (Il s'agit dans ces deux pièces d'une séparation avec ce qui est le plus aimé.) »

Dedieu (15 ans), dans *Fils de personne*, ne sortait jamais de scène, après le II, sans des larmes. J'ai vu une longue larme descendre sur le visage d'Haudepin, s'arrêter plus bas que le coin de la bouche. Le petit acteur (14 ans) qui jouait Souplier à Genève pleurait en terminant le II, et revenait saluer en s'essuyant les yeux. Claude Winter jouait sa dernière scène de *Port-Royal* le visage littéralement baigné de larmes.

De Pradts devant Sevrais,
serpent devant le taurillon.

Je suis dangereux parce que je suis sérieux. Mais je ne suis pas toujours sérieux, Dieu merci.

Un de nos confrères, qui est entré dans le papier imprimé sous l'étendard du catholicisme, écrivant dans sa critique le mot *âme*, le met entre guillemets, pour bien faire ressortir que c'est un mot ridicule.

Depuis la création de *La Ville* sur le théâtre, j'ai refusé toute représentation autre que celle du théâtre Michel, tant à l'étranger que dans la province française. Quelques directeurs de théâtres ou de troupes s'en sont froissés. L'un d'eux m'a parlé du « masochisme » que je montrais en refusant pendant souvent très longtemps que mes

romans fussent publiés et mes pièces jouées. Mais
le « masochisme » serait de risquer de laisser jouer
la pièce dans des conditions ou défectueuses ou
contraires aux intentions de l'auteur. Son succès
à Paris a été dû à la valeur de l'interprétation, au
choix qu'avait fait de celle-ci Jean Meyer, et à la
qualité extrême, parfaitement sensible et juste,
de sa mise en scène (qui a reçu, donné par la critique parisienne, le « Prix de la meilleure mise en
scène » pour la saison 1967-68). Je frémis en pen-
sant au vol de « recherches » qui aurait pu s'abattre sur *La Ville*. Sans aller jusqu'aux « recherches »,
n'ai-je pas vu un des théâtres les plus respectables
de Paris me proposer, pour y jouer le rôle du garçon de quatorze ans, un acteur qui avait fait son
service militaire ? Au théâtre, ce qui est pour
d'autres « un détail » est pour moi une montagne.
— *La Ville* ne sera jouée que mise en scène par
Jean Meyer.

Jean Deschamps, le supérieur, au IIIe acte.
Pendant vingt-cinq minutes, debout, il bouge à
peine. Ses traits ne bougent pas. Ses bras ne bougent pas. Dans quel philosophe ou dans quel mystique ai-je lu jadis ce précepte (dont je suis sûr au
moins du texte) : « Ne fais rien, et tout sera fait » ?
Deschamps ne fait rien (ou quasiment), et tout est
fait. Ce qui est le comble de l'art, dans tout art,
et aussi, je pense, dans la philosophie.
Certains êtres, petits ou grands, mâles ou

remelles, ont ce don merveilleux : avec eux tout
devient simple. Jean Meyer a dirigé ses interprètes
dans ce sens où tout est simplicité, litote, retenue,
le « rien de trop » de l'oracle grec, où une seule fois
la flamme éclate, une fois, non deux.

Lettre de Christian Chabanis : « En même temps
que notre époque est plus disposée à accepter les
amours les plus singulières, elle est moins disposée
à comprendre la qualité dans l'amour et dans
quelque domaine que ce soit. »

Lettre de X..., étudiant, en « hypokhâgne » :
« Votre pièce met l'enseignement religieux à sa
vraie place : la première pour la formation des
jeunes. Selon votre expression, on y « crée de la
crise ». Dans le secondaire laïque que je connais si
bien, on ne crée rien du tout : comme chez Renault
on y sort à la chaîne des fonctionnaires hébétés et
quelques révoltés paresseux. Il vaut mieux les
praetextati mores du généreux Sevrais. »

Lettre de Clarisse D..., Bayonne : « Le subtil
dosage de prudence et d'imprudence que vous a
appris sans doute la tauromachie (...) Vous pro-
voquez en faisant deux pas en arrière (litote),
comme le banderillero qui veut décider le taureau
à foncer. »

Lettre de Henri Gouhier, de l'Institut, professeur à la Sorbonne : « Au point de vue catholique,
je ne vois vraiment pas ce qui pourrait être suspect,
et les raisons de l'Archevêque de Paris m'échap-

pent encore aujourd'hui. » (Mgr Feltin, en 1951,
avait déconseillé les représentations à la Comédie-
Française.)

Lettre de Jean-Louis Curtis : « Une femme de
mes amies m'a dit : " J'ai eu tout le temps la gorge
serrée ". Presque tout, dans cette œuvre, vient du
cœur et va au cœur. »

Lettre de Roger Iglésis, metteur en scène à la
Télévision de *La Reine morte* et de *Malatesta* :
« Il est si rare aujourd'hui de quitter une salle de
spectacle en ayant envie tout à coup d'aimer son
prochain. » « Que le Ciel vous garde en santé afin
que, longtemps encore, vous nous parliez de lui. »
(Moi, parler du Ciel à mes contemporains!)

Le mot de la fin.
Un « dessin amusant » de l'hebdomadaire *Car-
refour*, du 13 décembre 1967 :
Un égoutier, levant la tête, regarde une affiche
théâtrale de *La Ville dont le prince est un enfant*,
et dit :

— Je préfère travailler en bas, c'est plus sain.

Janvier 1968.

Aux trois cents représentations données de *La Ville* à Paris,
depuis sa création, les femmes sont régulièrement plus nom-
breuses que les hommes. Un critique américain, M. Henry
Kops, qui n'a pas assisté à la pièce, écrit d'elle dans la revue
Books abroad, qu'elle « fascine les femmes comme le serpent
fascine les poulettes ». Mais n'est-ce pas prendre la chose bien
au tragique? (H. M. novembre 1968).

BIBLIOGRAPHIE
ET DISCOGRAPHIE

1. LA VILLE DONT LE PRINCE EST UN ENFANT. Novembre 1951. Paris. *Gallimard.*
   26 Jap. imp., dont 6 H.C. 48 holl., dont 8 H.C. 262 vél. p. f. Lafuma-Navarre, dont 12 H.C. 520 alfa mousse Navarre, dont 20 H.C. 1 550 vél. labeur Navarre de Voiron, reliés d'après la maquette de Paul Bonet, dont 50 H.C. 20 H.C vél. chamois Navarre réservés à l'auteur.

2. 1952. Paris. *Plon.* Avec une postface inédite de l'auteur, et huit planches hors texte d'après les photographies de Marcelle d'Heilly.
   1 600 Roto blanc des papeteries Aussédat, dont 100 H.C.

3. 1954. Paris. *Gallimard.* Bibliothèque de la Pléiade.

4. 1957. Paris. *Gallimard.* Édition entièrement refondue, avec texte remanié, appendices nouveaux et l'étude : *Deux mères lisent « La Ville dont le Prince est un Enfant »*, de Marguerite Lauze et Jeanne Eichelberger-Carayon.
   Tirage ordinaire.

5. 1958. Paris. *Pathé-Marconi.* Trois disques microsillon. Le texte est celui de 1957.

6. 1961. Paris. Pour la société de bibliophiles *Hippocrate et ses amis.* Lithographies d'Édouard Mac'Avoy.
   120 vél. Arches. 10 vél. Arches avec chacun deux suites sur ingres bleu, 5 suites sur ingres Canson vergé blanc et 6 suites sur jap. imp. Environ 130 exemplaires.

7. 1963. Paris. *Gallimard*. Collection « Soleil ».

    4 100 exemplaires cartonnés, dont 100 H.C.

8. 1966. Paris. *Éditions Lidis*. Imprimerie Nationale. Illustrations de Canjura.

    12 Jap. 500 Arches. 3 000 Vercors.

9. 1967. Paris. *Gallimard*. Édition refondue avec texte nouvellement remanié, tel qu'il est donné à la représentation. Tirage ordinaire.

10. 1967. Paris. *Viglino*. Le même texte. Gravures en couleurs de Raymond Carrance.

    2 soie. 18 Jap. nacré avec chacun deux cuivres. 60 Jap. nacré. 195 Arches. 25 H.C. numérotés.

DU MÊME AUTEUR

VA JOUER AVEC CETTE POUSSIÈRE. *Carnets 1958-1964.*

LA MARÉ DU SOIR. *Carnets 1958-1971.*

TOUS FEUX ÉTEINTS. *Carnets 1965, 1966, 1967, 1972 et sans dates.*

GARDER TOUT EN COMPOSANT TOUT. *Carnets inédits — Derniers carnets (1924-1972).*

Dans la « Bibliothèque de la Pléiade »

THÉÂTRE. *Édition de Jacques de Laprade. Nouvelle édition, 1972.*

ROMANS
   Tome I. Préface de Roger Secrétain.
   Tome II. Édition de Michel Raimond.

ESSAIS. *Préface de Pierre Sipriot.*

COLLECTION FOLIO

Impression CPI Bussière
à Saint-Amand (Cher), le 25 mai 2009.
Dépôt légal : mai 2009.
1ᵉʳ dépôt légal dans la collection : avril 1973.
Numéro d'imprimeur : 091679/1.
ISBN 978-2-07-036293-6./Imprimé en France.